Dora Heldt

Wat för en Sommer

Plattdüütsch vun
Heike Thode-Scheel
un Peer-Marten Scheller

Quickborn-Verlag

Alle Rechte, insbesondere der Vervielfältigung, der Dramatisierung, der Rundfunkübertragung, der Tonträgeraufnahme, der Verfilmung, des Fernsehens und des Vortrages an der plattdeutschen Übersetzung, auch auszugsweise, vorbehalten.

Die plattdeutsche Schreibweise
ist unverändert von den Übersetzern übernommen worden.

2. Auflage 2014

ISBN 978-3-87651-384-3

© Copyright 2014 by Bärbel Schmidt / Dora Heldt
Dieses Werk wurde vermittelt durch die
Literarische Agentur Thomas Schlück GmbH, 30827 Garbsen

Für die plattdeutsche Übersetzung:
© Copyright 2014 by Quickborn-Verlag, Hamburg
Umschlagabbildung: Christel Hudemann, Hamburg
Gesamtherstellung: CPI – Clausen & Bosse GmbH, Leck
Der Umwelt zuliebe
auf chlorfrei gebleichtem Papier gedruckt
Printed in Germany

De Geschichten

Wat för en Sommer!	7
Ela heet Manu	18
Ik kann Reisen nich utstahn.	53
Düt wunnerbore Sommergeföhl	84

Wat för en Sommer!

Ik bün en Reisemuffel. Dat meent tominnst mien Frünn. Denn ik will jedeen Johr in mien Sommerurlaub na Sylt fohren – jümmers to. Un dor laat ik ok nich mit mi snacken. Dat is nu nich so, datt ik nich al mol an de Algarve weer oder op Fuerteventura oder op Sizilien. Nee – aver dor heff ik nicnich dat funnen, wat ik vun lütt op an so leven do: Dat perfekte Sommergeföhl. Dat heff ik blots op Sylt.

So as woll alle Sylter hett mien Oma in dat Huus, wo hüüt mien Öllern wahnt, Stuven an Feriengäst verhüert. Op hunnert Quadratmeter hebbt dor tein Feriengäst mit uns tosamen Urlaub maakt. Kuum to glöven, oder? Wi wahnten domols op't Festland – aver in de Ferien, dor weern wi jümmers op Sylt. Mien Öllern slepen mit mien jüngste Swester in een Stuuv, mien Broder un ik harrn en Etaagenbett in den olen Kohlenschuppen.

Dat weer so'n lüerlütte Kamer. Dor passte man blots düt eene Bett rin. De Döör güng glücklicherwies na buten op. Nu müssen aver jo de Feriengäst an düsse Döör vörbi. Denn Fröhstück geev dat in't Goornhuus. Un dormit wi se nu nich so rein ut Versehn mol uns Döör an' Kopp ballern dään, hett Grootmodder uns bats insparrt. Jedeen Morrn wörr ik wach, wenn se den Slötel ümdreihn dä. Punkt Klock acht. Man wi sünd jo ok nich na Sylt fohrt, üm uttoslapen ...

Mien Modder seet morrns fröh al in de Köök twüschen dree Koffiemaschins, de fix an't Lopen weern. Se hett Rundstücken smeert. Massen an Rundstücken. De wörrn bi'n Melkmann üm de Eck köfft – den geev dat domols noch. He heet Willy un he kenn siene Kunnen bi'n Naam. En tietlang hett he sogor de Rundstücken rümbröcht. Aver dat güng nich lang goot – denn de Schaap, de överall frie rümlepen, hebbt de Tüten mit de Rundstücken vun de

Huusdören wegklaut. Also müssen wi wedder na'n Laden hin.

Nu müss mien Modder nich blots den Fröhstücksdeenst maken, nee, se hett denn ok glieks all'ns för unsen Dag tosamen packt. Un dorbi keem se böös in Brass. Wi Kinner hebbt tosehn, datt wi nich ünner de Fööt rüm stünnen. Dat Beste weer, wenn man sik al mol in't Auto verkrupen dä. Vadder weer dor al fix an't Wurachen. He hett den ganzen Krempel rinsmeten, den Modder so peu à peu op de Straat stellen dä. Üm halvi negen müss dat losgahn. Na'n Strand. Jedeen Dag – tominnst, wenn dat Wedder eenigermaten mitspelen dä. Dorüm weern wi jo hier. Un dor geev dat keen wenn un aver.

Meist sünd wi sogor glieks avends, wenn wi ankamen sünd, in Richten Ellenbogen fohrt. Dat weer hoochnöödig. Dat weer dat Allerwichtigste. Dat güng doch üm de beste Steed an' Strand. Üm de Steed, wo sik in de tokamen Weken uns Leven afspelen schull. De Steed müss perfekt ween. Wi keken op de Brede vun' Strand, keken, woveele Sandbänke dor bi Ebbe to sehn weern, keken, wo lang de Weg vun' Parkplatz na'n Strand weer, föhlten, wat dor för'n Sand leeg, keken op de Düün un keken, ob dor noch Buhnen rümlegen. Dat hett meist nich länger as föfftein Minuten duert, denn weern wi uns eens: Dat is de beste Steed. Wi harrn jo al siet Johrn Erfohrung.

De Steed hebbt wi glieks mit Strandkraam markeert un wekenlang gegen frömde Lüüd verdeffendeert. Dorüm müssen wi ok al üm halvi negen los. So weern wi de Eersten. Dag för Dag.

Natürli weern wi nich alleen. Wi weern geern mit anner Lüüd tosamen – wi harrn doch Ferien. An de perfekte Steed hebbt wi uns jümmers drapen: Ölven Kinner un veertein Grote. Dat weern mien Öllern, miene Geschwister un de Rest vun de Sylter Familie – also miene Tante, mien Unkel, mien beiden Cousinen, de Hamborger Feriengäst vun mien Tante (twee Grote, twee Kinner), de Sylter Frünn vun miene Tante (twee Grote, dree Kinner) un de Dortmunder Gäste vun düsse Frünn (twee Grote, een Kind) un noch anner Frünn vun düsse Lüüd (twee Grote un af un an'n Köter).

Wi weern also jeden Morrn to desülvige Tiet op'n Parkplatz an de perfekte Steed. Wi

Kinner stünnen in een Reeg un kregen de lichten Taschen, Swimmringe un Baadmantels in de Hand. De Groten hebbt sik denn üm de anner Kledaasch kümmert: Üm de sworen Säcke mit Windschutzplanen, Stangen, Heringe un Warktüüch, üm de Köhltaschen (för jedeen Familie twee plus een för't Drinken), üm de Baadtaschen (worüm de jümmers so lastig weern kann ik mi hüüt noch nich verklaarn) un üm de Saken, de twei gahn kunnen (Sünnenbrillen, Knipskassens un Super 8 Kameros).

Denn trock de Karawaan los över de Düün. En lange Reeg. Dat en oder anner Göör full denn mol to Siet in' weken Sand – wi weern fardig mit Jack un Büx. En bleev aver blots so'n lütten Momang dor liggen, denn dat weer nu förwiss keen Vergnögen, wenn de Erwachsenen över en röverklattern dään: »Wi hoolt di denn hüüt avend wedder af«, kregen wi to höörn. Optletzt hebbt wi uns denn doch so op 'n Sprung in't koole Water freut, datt wi de sworen Taschen wieder dörch den Sand slepen dään.

Wenn wi denn endli an de perfekte Steed weern, bleven wi Kinner 'n Stück trüch un setten uns in' Sand daal. De Mannslüüd bröchen de

Stangen, de Heringe un de Bänner för'n Windschutz in Positschoon.

Twüschendörch bölkten se sik ok mol an: »Also, wenn du dat wiederhen so dösig fastholln deist, denn sünd wi hüüt Avend noch nich trech dormit« oder »De Wind kümmt vun de anner Siet, de eerste Stang mutt dor vörn rin« oder »Treck dien Foot weg, dor schall de Hering rin!« Na'n Tiet harrn se dat Rebeet nipp un nau afsteken. Dor passen denn tein Decken, twintig Handdöker, en Hupen Taschen un uns Strandspeeltüüch rin. Schüffeln müssen buten blieven – vunwegen de Verletzungsgefohr. An' Anfang vun de Ferien bruukten wi noch 45 Minuten to'n Opbuun, an't Enn blots noch twintig. All'ns Övung.

Un denn kunn de Dag losgahn. Uns weer nienich langwielig. Wi sammelten Steen un hebbt dor Figuren ut tosamenkleevt, wi hebbt Seesteerns rutfischt un se op de Finsterbank leggt to'n Drögen – dat hett aver fix stunken. De Ölleren vun uns Göörn sünd bit to de Sandbank swommen. Dor geev dat Butt. Un denn müssen wi den ganzen langen Weg wedder tofoot trüch – vunwegen dat aflopen Water. Twüschendörch sünd wi mit Sünnenmelk ut geele Flaschen insmeert worrn, wi hebbt Keerns vun de Watermelonen in' Sand speet un de Groten müssen de Eier un Rundstücken mit de Handdöker afwischen, wieldatt jümmers een vun de Köhltaschen in' Sand ümkippt weer.

An' leevsten hebbt wi aver Burgen ut Sand buut. Blangen de normolen Strandburgen vun uns Lütten geev dat aver ok noch de architektoonschen Wunnerwarke vun de Groten – de aver keeneen so richtig eernst nohmen hett.

»Mama, Petra hett mien Kökenwand inpedd.«

»Kind, gah doch buten rüm.«

»Nee. Dat is 'n Wintergoorn.«

De Groten hebbt Strandkraam tosamensammelt un dor denn en Holtschuppen ut buut. Mien Tante hett dor later sogor noch geele Tintenfische un roode Fische opmoolt. As se bavento noch twee Sünnschirme opstelln dä, seeg dat Ganze ut as so'n kubaansche Strandbar. En poor Lüüd wulln sogor wat to Drinken bi uns köpen. Se hebbt dat ümsünst kregen. Wi harrn jo so veel dorvun.

Un denn hebbt wi Kinner losleggt. Mien

Broder hett ut de Taue un Heringe, de över weern, en Hochsprunganlaag klütert – he wull partout den Fosberry-Flop öven. De Dortmunder wulln den Rekord in' Beachball toppen – dor speelt man mit twee Holtschläger un 'n lütt Gummiball, de nich op'n Sand opkamen dörf. Mien Cousine un ik sünd in uns Jeans to Water gahn (in de »Bravo« stünn, datt de Büx denn beter sitten schull) un mien Swester worr vun twee Hamborgers inbuddelt: »Aver blots bit an'n Hals, hööort ji, anners kriggt se keen Luft mehr.« Mien Sylter Cousine weer jüst dorbi, all de Liefreems vun de Baadmantels tohoop to knütten. De Groten hebbt sik meist üm nix kümmert. De legen achter'n Windschutz, hebbt Zeitung leest, sik sünnt un kemen eerst hooch, wenn een vun de Göörn so luud blarren dä, as ob wat Slimmes passeert weer.

Dor is aver nienich wat passeert. Mol afsehn vun so'n beten Sand in de Ogen, Buulen vun' Quallenwietwurf oder lüttere Rangeleen, wieldatt wedder en den annern de Huuswänn inpedd harr. Alle halv Stünn güngen de Köhltaschen op un denn worr dat Eten opdeelt. En wull jo avends op'n Trüchweg nich so veel to slepen hebben.

Vun Middag an hebbt de Groten Koorn-Suer drunken. Dat weer Koorn mit Bitterlemon. De Stimmung worr foorts beter un beter. Liekers hebbt se jümmers uns Kinner in't Oog hatt. Unkel Paul bleev nüchtern un pass denn op de lütten Göörn op, wenn de to Water wulln. He leep an' Strand lang un hett de orangen Swimmflögel tellt, de dor in de Wellen rümdanzten. He kunn twaars nich swimmen, aver dat is jümmers goot gahn.

Dat geev Daag, dor seeg dat Wedder morrns so slecht ut, datt wat anners op't Programm stünn as Strand.

Wi sünd in Regenjoppen över de Düün marscheert, hebbt an't Morsumer Kliff Muerseglers beluert, hebbt daaglang en Modellfleger buut un em flegen laten (de is na dree Meter gegen dat Kliff neiht), hebbt an' Bahndamm seten un de Farven vun de Autos op'n Autotooch tellt (domols geev dat tatsächli nich blots de groten swatten, sünnern ok noch de lütten bunten Autos). Wi sünd de Stufen an't Roode Kliff in Kampen rünnerkladdert (dor kunn jümmers blots een to Tiet hooch un wedder rünner – hüüt gifft dat dor en breeden Holtstieg), wi hebbt bi all de Kinnerfeste Priese afrüümt (mien Swester is wohrrafti Kurkönigin worrn in ehr Altersklass. Mit söben. Dat weer ok licht. Ik bün blots Drütte bi't Fischsteken worrn). Wi hebbt uns »Dumbo, der fliegende Elefant« in't Lister Urwaldkino ankeken un hebbt Krabben vun' Kutter köfft. De worrn denn stünnenlang in't Goornhuus vun miene Tante utpuult.

Aver egool, wo wi graad weern oder wat wi graad möken – wenn de Sünn rutkeem, denn weer Sluss dormit un denn sünd wi ielenfix na Huus loslopen, hebbt all'ns tosamen söcht un kemen hachpachig all to glieke Tiet op'n Parkplatz an de perfekte Steed an. Dor müss nich lang üm snackt warrn. Dat weer för jedeen kloor. Dorüm weern wi jo hier. Dat weer Sommer.

In de letzten Johrn hett sik 'n Barg ännert. Dor warrt keene Strandburgen mehr buut, so'n olen Windschutz kriggst du ok nich mehr to sehn un dat Urwaldkino hett ok dicht maakt. De Insel warrt jümmers vuller, de Gaststuven düürer un de Hotels grötter. Wi Göörn vun domols bruukt al lang keen Swimmflögel mehr un mien

Swester, de warrt ok siet Johrn nich mehr inbuddelt. Aver liekers geiht dat dore Spektokel jedeen Sommer wedder vun vörn los. De Söök na de perfekte Steed. Un wi finnd se jedeen Johr wedder. Wi bruukt nich länger as fofftein Minuten. Un denn is Sommer.

Ela heet Manu

Ik mag Geburtsdage. Mien egen ganz besünners, aver ok de vun de Familie. Wi fiert jümmers groot un mit alle, de dorto höört. Mi wörr wat fehlen, wenn wi dat afschaffen dään. Aver dat kümmt sowieso nich in Fraag, denn uns gefallt dat Fiern eenfach to goot. Schaad, datt nich mehr alle bi uns in't Dörp wahnen doot. De meisten vun uns sünd man blots 'n poor Kilometers wieder weg trocken un en kann se jümmers noch goot mit' Fohrrad besöken. Alle, bit op Ela. Un dor heff ik mi jümmers noch nich mit affunnen. Se is mien leevste Cousine un wieldatt se so klook un schöön is, wahnt se in Hamborg. Merrn in de Stadt. Un meist sösstig Kilometers vun uns weg.

Verleden Sünnavend is se veertig worrn. Dat is jo hüüttodaags keen Öller mehr – heff ik leest. Fröher weer en jo 'n ole Jungfer – aver hüüt? Ela hett nämli keen Keerl un keen Kinner. Mi stöört dat nich. So is se jümmers noch Ela un nich Fru Sounso oder de Modder vun Dingens. Aver miene Tante Gerhild, de argert sik.

Se is de eenzigst' in uns Dörp, de noch keene Enkelkinner hett – dat finnd se unmögli. För mien Unkel Hans geiht dat kloor – seggt he tominnst. Aver Ela weer jo al jümmers 'n Vadder-Kind, seggt Tante Gerhild. Se is de Swester vun mien Modder, de nu al fief Enkel hett, wieldatt miene beiden Swestern duuernd wat Lüttes kriegen doot. Ik noch nich, ik bün jo de Jüngst. Un ik heff jo ok gor keen Fründ. Bavento heff ik vör twee Johr graad 'n Utbilden anfungen in »Bruhns Gasthoff«. De mutt ik eerstmol to Enn bringen. Dat do ik ok. Ik will nämli Kööksch warrn – dat kümmt mi later wiss goot topass. Nu vertüdel ik mi aver bit Vertellen.

Na, op jeden Fall is mien leevste Cousine Ela an' Sünnavend veertig worrn. As se hier noch wahnen dä, hett se oftins op mi oppasst. Se weer jo al söventein, as ik op de Welt kamen bün. Se is dull. Egens heet se Manuela, aver wi seggt alle Ela to ehr. Se weer al jümmers de Smuckste in't Dörp un se hett ok dat beste Abitur maakt. Dat gifft nix, wat se nich kann. Blots Utmisten, dat kann se nich. Aver dor harr se eenfach keen Lust to. Dorför kunn se de Melkmaschin un dat Getriebe vun unsen Trecker repareern.

Unkel Hans un Tante Gerhild hebbt vör tein Johr ehrn Hoff opgeven. Se hebbt jo blots Ela un de wull em nich hebben. Unsen hett de Mann vun mien middelste Swester övernohmen. Dor blifft all'ns, as dat is. Tante Gerhild hölpt nu bi't Rode Krüütz un Unkel Hans, de löös Krüützwoortradels. Eenmol in't Johr fohrt se in' Harz to'n Wannern. Teemli langwielig dat Ganze. Dorüm reegt sik Ela ok jümmers so op, wenn se mol to Huus is. Aver Unkel Hans kiekt ehr blots stolt an un seggt denn, datt all'ns sien Richtigkeit hett. Dat worr jo wull recken, wenn een ut'e Familie Karriere maken dä. He seggt jümmers »Karrjärr«. Dat klingt eleganter – meent he.

Ela hett nämli en ganz dullen Job in Hamborg. Ehr Firma hett 'n heel groot Büro mit Blick op de Elv, direktemang an' Haven. Dull.

All'ns ganz modern mit grote witte Schrievdische, sülvern Lampen un rode Leddersessels. Jüst so as in' Film. Ela is jedeen Dag teemli smuck antrocken, se hett ok 'n Barg to seggen, glööv ik, aver se hett dat jo ok studeert. Jichtenswat mit Warben, wat genau, dat heff ik nienich so recht begrepen.

Aver schaad – se hett soveel to doon, datt se blots noch ganz selten to Huus is. Dorför schickt se mi af un an Pakete. Dor is denn Tüüch vun ehr binn. Dat, wat se nich mehr bruken kann. To'n Glück hebbt wi de glieke Grötte. Un dorüm bün ik nu as Kööksch jümmers op't Best antrocken.

Mien Modder schüddel jümmers den Kopp un wunnert sik, datt Ela soveel Geld för Kleedaasch utgeven deit – wo se de Saken doch blots tweemol dregen deit. Aver mi gefallt dat goot.

Wat ik aver egentli vertellen wull: Also, letzte Week heff ik wedder mol 'n Paket vun Ela kregen. En roden Blazer, 'n Leopardenbluus un 'n witte Jeans mit Stickeree op'n Mors. Ganz wunnerbor. An'n Avend wull ik ehr schrieven, üm mi to bedanken. Ik kann mi aver ehr Postleittahl nich marken. Dorüm heff ik in mien Adressbook nakeken un denn seeg ik miteens: Ela hett an' Sünnavend Geburtsdag. Un noch dorto 'n runnen.

Dat müss ik glieks mien Modder vertelln un de hett sik ok böös verfehrt: »Gottverdorri, dor warrt dat Kind al veertig. Dat warrt doch wiss groot fiert.«

Nu hebbt wi siet korte Tiet 'n lütt Problem. Uns' Köter – de Jogi Löw heten deit, wieldatt he de glieke Frisur hett – de mag keene Postbüdel. Tominnst nich unsen. Dorüm hett he em beten, nich so dull – blots so'n beten angnabbelt. Nu kriegt wi in' Momang keen Post mehr un wi vergeet oftins, de Breefe bi't Postamt aftohooln. Ik finn dat 'n beten överkandidelt, wieldatt de Postbüdel Jogi Löw jümmers provozeern deit. Aver – so'n Köter, den glöövt jo keeneen. Ok wenn he utsüht as uns Bundestrainer.

Mien Modder keek mi füünsch an un meen: »Un wieldatt dien dösigen Köter so slecht höörn deit, hebbt wi Elas Inladen nich kregen.«

Wenn Jogi Löw jichtenswat verkehrt maken deit, denn is dat jümmers glieks mien Hund. Dat is nich in Ordnung!

Mien Modder reep foorts ehr Swester Gerhild an. Ik kunn nich höörn, wat mien Tante seggt hett – aver ik kunn mi dat meist dinken.

»Wat? Se fiert nich?«

»Dat is doch keen Grund. Dat is 'n runnen Geburtsdag.«

»Fröher hett se all'ns fiert. Dink blots mol an de Party, as se ehrn Föhrerschien kregen hett. In' Stall. Meist hunnert Lüüd. Un bit de Schandarmen kamen sünd, weer dat doch würkli schöön.«

»Du regst di al wedder op. Dink an dien Blootdruck, Gerhild. Aver wat maakt wi denn nu?«

»Dat finn ik aver trurig. Dat Leven besteiht doch nich blots ut Arbeit. Dat mööt ji as Öllern ok mol seggen. Na jo – ik mutt dor noch mol över nadinken. Se is jo nu ok mien Patendochter. Bit denn, grööt mi Hans.«

Miene Modder harr den Hörer opleggt un dreih sik to mi üm. »Tante Gerhild warrt drullig. Jüst so as Oma. De hett sik ok blots noch över all'ns opregt. Gräsig.«

»Un wat is nu mit Elas Geburtsdag?«

Tante Gerhild weer mi in' Momang schietegool. Ik wull 'n Geburtsdagsfier. Un ik wull Ela weddersehn. Wiehnachten leeg al 'n halv Johr trüch. Un dor weer se jo ok blots an' eersten Fierdag to Huus west. Un blots to'n Koffiedrinken.

Miene Modder stünn dor un trock de Stirn kruus. »Ela will nich fiern, wieldatt se arbeiden mutt.«

»Aver dat is 'n Sünnavend. Wekenenn. Dor hett se doch frie.« Mit so'n Utreed geev ik mi nich tofreden. Dat glööv ik nich. Dor mutt wat anneres achter steken.«

Mien Modder greep wedder na't Telefon. »Ik roop ehr mol an. Villicht hett se Kummer oder keen Geld. Dat kann man doch all'ns in de Reeg kriegen.«

Un wohrraftig – miene Cousine güng an't Telefon. »Hallo Elakind, hier is Tante Monika.«

»Nee, dor is nix passeert. All'ns in'e Reeg. Hör mol, wat is denn egentli mit dien Geburtsdag an' Sünnavend? Wullt du nich na Huus Huus kamen? Un fiern?«

Ik kunn ehr Gesicht sehn. Mol smuster se so'n beten, mol keek se trüchhollern, mol durig, mol füünsch.

»Och je, Deern«, se nickköppte, »dat is jo'n Malesche. Aver du büst nich alleen, oder? Goot. Aver denn hoolt wi dat in' Sommer na. Kannst mi dat verspreken? Jo. Un …« Se keek jüst hooch. Ik fuchel as wild mit mien Hannen. »Un ik schall di schöön gröten – vun Daniela. Wullt du mit ehr … Ach so. Na denn man tschüß, bit annermol.«

Se harr opleggt un sä to mi: »Ik schall di ok gröten. Se hett nu'n Termin un will sik later noch mol bi di mellen.«

»Un wat is nu mit Sünnavend?« Ik weer gespannt, wat nu wull kümmt.

»Ela hett sik dat Knee verdreiht un kann nich lopen. Se hett örnli Wehdaag. Dorüm kann se ok nich kamen. Un inköpen kann se ok nich, dat is natürli groten Schiet. Se will in' August fiern, villicht hier bi uns. Dor kümmt wull nu jichtensen Fründin to Besöök un bringt Pizza mit. Na, dat warrt jo 'n schöön Geburtsdag.«

Vör't Finster harr mien Modder graad en vun ehre Enkelkinner sehn. De wull sik jüst op'n Hohn smieten. »Jasper!« Se schreeg so luud, reet de Döör op un leep na buten. Dat weer nämli en vun ehre leevsten lüerlütten Höhner. Un mien Neffe – dree Johr oolt – weer graad dorbi, dat platt to maken.

Ik bleev nadinkern sitten. Dat weer förwiss

nich eenfach, wenn en veertig warrt. Un denn noch mit 'n verdreiht Knee. Dor kunn en sik jo gor nich op düssen Dag freun. Ela dä mi vun Harten leed. Dat harr se nich verdeent.

Mi kemen meist de Tranen. Dor bruus mien middelste Swester in de Stuuv rin.

»Wat is los?« Se keek mi an un güng denn an't Finster. »Jogi Löw hett 'n dodes Hohn in't Muul.«

»Nee, dat weer Jasper.«

»Nee.« Gabriele trock de Gardien wedder dicht. »En dodes Hohn. Wat ik noch seggen wull – Ela hett Sünnavend Geburtsdag – kümmt se her oder fohrt wi hin?«

»Se hett 'n verdreihtes Knee. Se kann nich lopen.«

»Denn mööt wi wull na ehr hin. Se nehm sik 'n Appel ut de Kumm, beet rin un bölk mit vullen Mund na buten: »Jasper, laat dat Hohn tofreden.«

Mien Modder keem rin – in' Arm harr se Jasper. De huul as dull. »Düsse Bengel maakt mi noch mall«, sä se un sett em op'e Kökenbank daal. »Un Gabriele lacht blots.«

»Gabi mag de Höhner ok nich«, geev ik

trüch. Jüst in düssen Momang nehm Jasper sik 'n Wienkorken, stekte em in' Mund un kreeg foorts dat Wörgen. Ik lang em fix in sien lütten Mund rin un trock em rut.

»Gabi meent, wi köönt an' Sünnavend doch to Ela hinfohrn. Aua.« Kloor harr Jasper mi dorbi beten. Un denn füng he ok noch to blarren an. Ik heff kort överleggt, ob ik em den Korken wedder rinschuven schull. De Sleef kunn en würkli op'n Geist gahn.

Mien Modder weer an't Överleggen. »Un wat is mit Eten?«

»Nehmt wi all'ns mit. Talglichter un Koken ok.«

»Goot.« Se grien sik en. »Denn krieg ik ok mol mien nieges Kleed an. Ik segg de annern Bescheed. Passt blots op Jasper op!«

Se weer al üm de Eck, bevör ik wat seggen kunn.

Dat Gode an unse Familie is, datt wi all tosamen nette Lüüd sünd. Un datt wi all tosamen in een Dörp wahnt. Wi sünd aver ok 'n Barg Lüüd. Dat is mennigmol böös anstrengend, aver denn ok wedder schöön. Un praktisch dorto – wieldatt jümmers en vun uns dat hett, wat de anner graad bruken deit. För wichtige Saken gifft dat 'n Telefonkeed. Jedeen vun uns bruukt denn blots een annern anropen un de telefoneert wedder mit den nächsten op de List. Dat geiht nämli streng na Plaan.

Dorüm keem mien Modder ok al na'n Minut wedder trüch un sä: »Dat löppt. Wi draapt uns hüüt avend bi Heidi un Jochen, üm all'ns to besnacken. Heidi will lütte Happens maken. Wat hett Jasper denn dor in' Mund?«

To schaad – ik harr nix vun Heidis wunnerbore Happens – ik müss arbeiden. De Schüttenvereen harr sien Johrsversammeln. Achterran schull dat Schnitzel geven. Dor kreeg natürli nüms frie, denn de Schnitzel braadt sik jo nu mol nich vun alleen.

As ik üm Middernacht na Huus keem, weer de Köök vull. Dor seten miene Öllern, miene Swestern, ehre Keerls, Tante Gerhild un Unkel Hans un bavento noch mien beiden annern Tanten Eva un Marlies.

»Jogi Löw hett bi Heidi in de Deel speegt«, reep mien Vadder. »De mutt wat Slechtes freten hebben.«

»Een vun de lüerlütten Höhner«, sä ik un trock mi 'n Stohl an' Disch ran.

»Jan is de eerste Vörsitter bi de Schütten worrn. He hett vun Gabriele höört, datt wi an' Sünnavend to Ela hinföhrt. He will mit.«

Tante Gerhild rull mit de Ogen. »Nich, datt dat Arger geven deit.«

Jan is nämli de Exfründ vun Ela. Dat is al föfftein Johr her, aver he kümmt eenfach nich vun ehr los. Dorüm hett he ok so'n dicken Buuk kregen, meent mien Modder. Dat is all'ns Elas Schuld. Un wenn Jan sopen hett, denn warrt he jümmers trurig, snackt vun Ela un huult.

»Laat den Jungen in Roh.« Unkel Hans müch em. »He is 'n feinen Keerl. Ik warr dat Geföhl nich los, datt de Beiden doch noch mol tohoop kaamt. Dat passt doch op't Best.«

»Unkel Hans.« Mien öllste Swester Maren weer bi't Kööm utschenken. »Jan is 'n smerigen, langwieligen Stiesel. Bavento is he op'n Karkhoff anstellt. Dat is doch nix för Ela.«

»De hett sien Utkamen. Un keen Stress bi de Arbeit. Dor kann he in sien frie Tiet den Goorn op Schick bringen.«

Maren wies em 'n Vagel un schreev wat op en List.

»Wat is dat denn?« Ik keem neger ran, aver Maren harr so lüerlütte Bookstaven schreven – dat kunn ik eenfach nich lesen. Se arbeit 'n halven Dag as Hölpersch bi unsen Dokter in't Dörp. Dorüm kriegt wi ok jümmers so flink Termine.

»Ik heff mol all de Lüüd opschreven, de an' Sünnavend mitwüllt na Ela. Blots goot, datt se nu so'n grote Wahnung hett. Hüüt Nameddag harrn Jutta un Rosi Termine bi mien Dokter. De heff ik dat ok glieks vertellt, datt wi fohrn wüllt. Se kaamt mit. Rosi will Beer köpen un Jutta maakt Fleeschklopse.«

Mit Rosi un Jutta is Ela fröher to School gahn. To ehrn Klub hörten ok noch Helga un Dorit. De wüssen wiss ok al Bescheed.

»Dat is jo nett.« Ik müss smustern, as ik den Naam vun' Dokter leest heff. »Un Gerd kümmt ok noch mit?«

»De hett sik domols doch so in Ela verkeken«, pier mien Modder un keek ehr Swester scharp an. De kunn sik bit hüüt nich dormit affinnen, datt ehre Dochter den eenzigst Dokter in't Dörp nich hebben wull. »Is meist schaad. Un nu is he scheed un mutt so veel för düsse dusselige Tina betahln. Wat'n Schiet.«

Tante Gerhild weer an't Hachpachen. Ik

kunn Striet nich utstahn. Dorüm heff ik vörsichti fraagt: »Hett Ela denn seggt, wann wi bi ehr ween schüllt?«

»Se hett …«, füng Maren an un keek miteens verbiestert op de Kökendöör. Se jump hooch. »Nee doch! Jogi Löw is al wedder an't Spiegen – un denn noch in mien niegen Schoh rin. Daniela, do doch wat!«

Kloor weer dat argerli – denn de Schoh weern ut Wildledder. De weern nu in' Dutt. Aver datt ik nu den Schaden betahlen schull, dat harr ik nich verdeent. Denn wenn Gabrieles Söhn nich dat lüerlütte Hohn üm de Eck bröcht harr, denn harr mien Hund dat nich freten kunnt un denn harr he ok nich spiegen müss. Aver alle geven se Jogi Löw de Schuld. Un ik müss Maren niege Schoh köpen.

Ik weer nu muuksch un heff an' tokamen Dag mit keeneen mehr snackt. Dorför weer ik lang mit Jogi Löw spazeern. Wenn mi wat op'n Maag leeg, den bruuk ik jümmers veel frische Luft.

As ik trüchkeem, harr mien Chef anropen. Margitta, unse Kööksch, harr sik den Arm verbrennt un nu müss ik ran. Offschonst ik egentli 'n poor Daag frie harr.

Ik harr also keen Tiet mehr, mi mit miene Swestern to verdrägen un över Elas Geburtsdag kunn ik ok nich mehr mit se snacken. Se hebbt eenfach all'ns alleen op de Been stellt. So sünd se nu mol.

Margitta kunn eerst an' Fridag wedder arbeiden. Se hett mi löövt, wieldatt ik all'ns so goot in de Reeg kregen heff. Dorför kreeg ik Sünnavend un Sünndag frie. Dat passte mi op't Best. Denn middewiel harr mien Familie Elas Geburtsdag nipp un nau plaant. Mi hebbt se twaars överhaupt nich mehr fraagt – aver dorför müss ik ok nich koken.

Dat hebbt mien Tanten, mien Modder, mien Swestern un 'n poor vun Elas ole Schoolfrünn maakt. Ok wenn Ela al lang nich mehr bi uns in't Dörp wahnen dä – liekers müchen ehr jümmers noch alle Lüüd. Dat worr mi kloor, as wi uns an' Sünnavend Nameddag bi Tante Gerhild un Unkel Hans op'n Hoff drapen hebbt.

Wi weern sössundörtig Lüüd un een Köter. Ik kunn Jogi Löw jo nich den ganzen Dag alleen laten un he föhr ok to geern Bus. Dat is jo dat Gode, wenn man so'n grote Familie hett – dat fehlt an nix. Albert, de Mann vun mien öllste

Swester, hett nämli 'n Busünnernehmen. He keem mit den modernsten Bus, de dat bi em geev. De hett sogor 'n Tante Meier mit an Bord.

Ik heff mi mit Jogi Löw in de achterste Reeg rinsett. Dor heff ik al fröher opleevst seten. En sitt kommodig un hett all'ns in' Blick. De dicke Jan seet mit'n övergroten Rosenstruusch jüst vör mi. He harr 'n düsterrodes Gesicht un weer örnli wat opgeregt. Rosi un Helga keken sik an un huchelten sik en. Dat funn ik blöd. De beiden harrn sik so recht opdunnert: Rosi harr 'n geel Kleed an mit passen Schoh un harr sik 'n niege Duerwell maken laten. Se trock twee Zeddels ut'e Tasch un drück se Helga in'e Hand. As se marken dä, datt ik de beiden beluert heff, dor seggten se: »Ach, Daniela, du kannst egentli ok mitsingen. Du hest doch so'n schöne Stimm.«

»Wat denn?« Mi keemen Twiefel.

»Wi hebbt dat Leed ›Verdammt ich lieb dich‹ vun Matthias Reim so'n beten ümschreven. ›Verdammte Veertig‹, de Text is eenfach super worrn. Dat heff ik mit Helga un Jutta tosamen maakt. Un Gerd speelt de Quetschkommod dorto. Maakst du mit?«

Se geev mi den Zeddel un ik keek mi em an: »Verdammte Veertig, verdammte Tahl.

Dat klingt so heftig, dor warrt man kahl.
Verdammte Veertig, verdammte Dag,
dor sünd alle kamen, de man so mag ...«
Ik heff nich ganz bit an't Enn leest, sünnern blots seggt: »Mol kieken.«
Dorbi full mi in, datt Ela so'n Quetschkommod op'n Dood nich utstahn kann.
Jogi Löw harr den Kopp op miene Been leggt un sleep in. Foorts worr ik ok mööd. Ik harr würkli ganz veel arbeit – un dat blots, wieldatt Margitta de Kantüffeln so dusselig afgaten harr. Se harr sik aver ok sowat vun verbrennt. De Bus zuckel so vör sik hin, dat weer kommodig warm, üm mi rüm liesen Stimmen un an mien Siet weer Jogi Löw an't Snorken. Ik drusel in.

As ik opwacht bün, weer de Bus al merrn in Hamborg an'n rode Ampel. Alberts Stimm reet mi ut'n Slaap. He bölkte in't Mikrofon rin: »Kann denn nich mol en op'n Stadtplaan kieken?« Ik schoov Jogi Löw vun mien Been rünner un japp na Luft. Nu worrn se alle unruhig un wulln Albert to Hölp kamen. Alle repen jichtenswat in' Bus rin. »Verdorri noch mol, doch nich alle op eenmol. Ik krieg 'n Rappel.

Maren, kaam du doch mol na vörn. Ik kann hier doch nich eenfach stahn blieven.«

Mien öllste Swester kunn op't Best Stadtpläne lesen. Ik heff mi wedder trüchlehnt. Un richtig, de Bus fohr suutje wieder. Tein Minuten later stünnen wi vör Elas Huus – ik heff dat foorts wedder kennt. Dat geev 'n groot Hallo un 'n poor hebbt ok in de Hannen klatscht. Albert stell den Motor ut, nehm dat Mikrofon un dreih sik to uns üm.

»Wi sünd dor. Wokeen geiht toeerst hooch? Maren? Daniela?

»Laat dat man Daniela maken.« Maren wies to mi röver. »De hett jo sünst nix maakt. Ela schall jo nich glieks Hartklabastern kriegen. Se is jo nu in dat Öller för sowat.«

Rosi, Helga, Jutta un Dorit kakelten as de Höhner. Jogi Löw gnurr los.

Ik güng ganz sutje na vörn. Blangen mien Modder bleev ik stahn. Ik weer doch 'n beten verbiestert: »Weet Ela denn gor nich, datt wi kaamt?«

Se keek mi fidel an. Ehr Backen weern root, in de Hand harr se 'n lerriges Glas Kööm. Dat dücht mi so, as wenn se dor vörn in' Bus al so richtig fiert harrn. Dat harr ik wull verslapen.

»Nö«, sä se mit'n Grientje in't Gesicht un kreeg Sluckop. »Wi hebbt dor toeerst gor nich an dacht. Un denn weer jo meist all'ns organiseert. Se freut sik wiss. Överraschungspartys sünd doch de besten.«

Achter ehr klatschten Heidi un Jochen sik af.

Ik haal deep Luft un steeg ut.

Ela wahnte in' tweeten Stock links in en wunnerschönet Söss-Familienhuus. Ik harr buten kort op de Pingel drückt. Nix. Denn noch mol. Wedder nix. Un denn heff ik ganz lang drückt. Lang, kort, lang.

Ik kunn ludes Lachen ut'n Bus höörn. Op'n Slag worr de Huusdöör opreten. Vör mi stunn 'n öllere, elegante Daam, de verbaast ut de Wäsche kieken dä. Eerst keek se mi fraagwies an un denn unsen Bus.

»Jo? Wo wüllt se denn hin?«

»To miene Cousine.« Ik weer jümmers noch verbiestert. »Se hett hüüt Geburtsdag.«

»Meent se Fru Jansen?«

»Jo, Ela Jansen. Se warrt veertig.«

De Daam nickköpp. »Aver wat wüllt se denn egentli hier? Un wat is dat för'n Bus?«

Ik keek mi den Bus an mit Elas Frünn un Familie. Denn keek ik wedder de Fru an. »De höört Albert, mien Swager. Un Ela wahnt doch hier. Wi wüllt ehr besöken.«

»Oh.« De Daam keek mi mit so'n sünnerboren Gesichtsutdruck an. »Manu fiert an de Elv. Dat Lokal heet ›Beach Bar‹. Ik mutt los. Schönen Avend noch.«

»Manu? Aver se heet doch Ela. Vun Manuela.«

Se weer so fix weg as se opdükert weer. Un ik güng suutje na'n Bus trüch.

As ik unse Lüüd vertellt heff, datt Ela gor nich dor weer, sünnern in en Strandbar fiert, dor geev dat düchtig Alarm. Tante Gerhild weer muuksch. »Ik heff ehr doch extra noch fraagt«, sä se. ›Nee, Mama, mien Knee deit doch so weh. Ik hool de Fier in' August na.‹ Un nu staht wi hier – as bestellt un nich afhoolt …«

»Wi sitt doch.« Mien Modder geev ehr 'n Kööm. »Drink mol en. Wi fohrt dor nu eenfach hin. Dat is doch wiss keen Fier. Dat is an' Strand. De sitt dor wiss mit 'n poor Frünn un grillt.«

»So maakt wi dat.« Unkel Hans bleev ruhig. »Noog to eten un drinken hebbt wi jo mit. De freut sik wiss, wenn't noch mehr geven deit. Also los, Albert. Giff Gas!«

Albert weer teemli suer. He müss mit den Bus trüchwarts dörch de Eenbohnstraat fohrn. Vör Elas Huus kunn he nich ümdreihn. »Wenn glieks de Schandarmen kaamt un afkasseern wüllt, denn köönt ji dat betahln«, schreeg he in't Mikrofon rin. »Dat kann man doch wull all'ns vörher besnacken. Maren, hest du denn nu düsse Bar funnen?«

Mien Swester höll den Stadtplaan wiet vun sik weg – wohrschienli harr se mol wedder ehr Brill in de Praxis vergeten. Wat se seggt hett, kunn ik achter nich verstahn. Se seet jo ganz vörn blangen Albert. Un in de Mitt vun' Bus hebbt se luudstark »Verdammte Veertig« öövt. Dat hörte sik jümmers beter an. Jogi Löw weer ok nich mehr an't Jauln.

De Bus fohr kommodig an de Elv lang. Albert weer dat egool, datt de Autos achter em an't Hupen weern. He fohr merrn op de Straat, wieldatt he bang weer, datt he Spegels vun de Autos an de Kant tweifohrn worr. De Bus weer nogelnieg, graad mol twee Weken oolt. Albert weer bannig stolt un harr ok foorts tostimmt, de ganze Bagaasch na Hamborg to fohrn. So kunn denn ok Ela dat niege Prachtstück bewunnern. He rull suutje op'n Parkplatz rop. Jüstemang vör 'n Reeg mit ganz niege Hüser an'e Elv.

»Dat is doch keen Strand.« Marens Stimm weer ok achter goot to verstahn. Se harr jo noch dat Mikrofon in'e Hand. »Hier kann en doch nich grillen. Dat süht aver bannig vörnehm un düer ut. Albert, ik glööv, wi sünd verkehrt.«

Albert weer mit sien Nerven an't Enn. »Dat is mi doch schietegool. Hier is 'n Busparkplatz un hier bliev ik stahn. Du hest mi düsse Adress geven, wi sünd dor un nu klei mi an'e Fööt.«

De Bus stünn merrnmang böös düre un schöön oppoleerte Autos. Ik kunn Gerds Stimm höörn. He weer Füer un Flamm: »Kiek mol, Lüüd, dor vörn is 'n Maserati. Dunnerwedder. Un wo is denn nu uns Ela?«

Glieks sung de Chor los: »Happy Birthday to you …«

Maren geev Gabriele un mi 'n Teken. Wi güngen los, Tante Gerhild un Unkel Hans achter uns ran. Ut'n Bus weer luud un düütli de Gesang vun unse Familie un uns Frünn to höörn.

Unkel Hans weer al nich mehr ganz seker to Foot. Ik dach toeerst, he harr toveel Kööm hatt. Aver he klopp mi blots op de Schuller un meen: »Ik bün jümmers so duselig op de Been, wenn ik to lang Bus fohrt bün.« Denn kreeg he ok noch 'n Sluckop.

An de Döör stünn 'n groot Schild: ›Geschlossene Gesellschaft‹.

Gabriele dreih sik na Maren üm. »Dat is doch de verkehrte Adress. Du hest doch seggt, du büst ganz seker. Ganz toll.«

Wi bleven raatlos stahn. Wi wüssen nich mehr wieder. Miteens leep 'n Poor an uns vörbi.

»Wi sünd jo doch nich de Letzten«, reep de Blondin' in't swatte, enge Kleed. De Hoor harr se viegelliensch hoochsteken. »Schönen goden Avend.«

Denn keek se uns wat genauer an un miteens worr se unseker. Se harr bannig rode Lippen. »Wüllt se ok to Manu? Oder ... nich?«

»Manu?« Tante Gerhild keek de Deern an. »Also, wenn se Manuela meent ... Aver hier is doch ›Geschlossene Gesellschaft‹.

»Keen Minsch seggt Manuela«, lach de Deern. »Schietegool – wi mööt los. Partytime.«

Ik harr so'n mulmig Geföhl. »Ähm, entschulligen se bitte, also, fiert hier villicht mien Cousine Ela, äh, Manuela Jansen? Geburtsdag?«

»Na seker.« De Fru trock ehrn Keerl ungedulli mit sik weg. »Man los Fabian, ik bruuk Schampus.«

De Döör klapp achter de beiden to. Wi keken uns blots an.

»Tja«, sä Maren. »Se fiert doch. Dat hett denn wull en vun uns verkehrt verstahn. Un nu?«

Ik tuck mit de Schullern. »Trüch?«

»Ik glööv, ji sünd mall.« Unkel Hans snapp na Luft. »Wi fohrt doch nich sösstig Kilometers mit 'n Bus för nix. Un de ganze Kofferruum is vull mit Eten un Drinken. Nee, nee, wi fiert nu mit. Un denn seggt wi de blonde Zeeg glieks mol Bescheed, datt Manu Ela heten deit. De sünd jo sowat vun överkandidelt ... Gaht man mol kieken, wo wi hinmööt. Ik hool de annern.«

As he so op'n Bus toschaukel, dor weer ik mi nich mehr seker, ob dat Slingern würkli blots vun de Fohrt keem.

Tante Gerhild smeet sik in'e Boss un reep: »Ik mutt mol. Ik kann nich in' Bus. Wi fraagt dor mol na. Wenn Ela nich dor is, denn fohrt wi eenfach wedder na Huus. Kaamt ji mit?«

Se drück de Döör op un wi müssen tosehn, dat wi achterran keemen.

Dat duer nich lang, dor stunnen mien Swestern un ik in de Döör vun'n groten Ruum. De Footborrn weer swatt fliest, an de Deek hungen övergrote Lanteern. Dat geev keene langen, fein utstaffeerten Dische. Blots Stahdische mit lange witte Dischdeken bit op'e Eer. Överall stünnen witte Kerzen, aver blots witte. Dat geev so'n Aart Bühn, keen richtige, aver so'n lütt Podest. Dor seet 'n Mann mit 'n Laptop op.

He harr lange Hoor un hett sik hin un her schunkelt. Na so'n komische Klaveermusik. Dat weer all'ns recht wat sünnerbor. Un sünnerbor weer ok Elas Gesicht, as se uns seeg.

Ganz suutje nehm se ehr Glas vun' Mund, keem unseker op uns to un sä blots liesen: »Woans kaamt ji denn her?«

Jüst nu full mi op, wat so komisch utsehn dä: Nahto alle Lüüd harrn swatte Kleedaasch an. So as op en Truerfier. Ok Ela harr 'n swatt Kleed an. Böös kort un mit Spitz an'e Arms. Hoffentli worr se den Fummel noch 'n beten beholln – ik müch dat nämli nich lieden. Mien Kleed weer lila, ok vun Ela. Ut dat vörletzte Paket.

»All'ns Gode, Ela«, reep Gabriele luudhals. »Wi dachen, dien Knee is in' Dutt un wulln di överraschen. Dien Naversch hett uns vertellt, wo wi di finnen köönt.«

Ik meente sowat to höörn as: »Ik bring ehr üm« – aver dat hett Ela wiss nich seggt. Se kreeg grote Ogen, as se över miene Schullern keek. Ik wüss ok foorts worüm. Tante Gerhilds Stimm kunn en nich överhöörn. »Tweete Döör rechts, dat is mol 'n Klo, sogor mit richtige Handdöker.«

De Fruunslüüd also alle rin na't Klo. Denn keem Unkel Hans to uns. Un dicht achter em Dr. Gerd.

»Eladeern«, reep he un drück sien Dochter an'e Boss. »All'ns Gode, mien Söten. Dor kiekst du, wat? Wi laat di doch nich alleen an dien Geburtsdag. Woto hett en denn Familie un Frünn?«

Gerd böög sik daal na Elas Knee un drück dor eerstmol düchtig op rüm. Se jiep op as Jogi Löw, wenn en op em pedden deit. »Dat is jo gor nich mehr dick.«

He höörte sik untofreden an – ümmerhin harr he extra sien Doktertasch mitsleept.

So peu à peu keem de ganze Bus hooch. Dat geev en groot Hallo. Alle wulln se Ela drücken. Dat weer nich eenfach, denn Gerd huckte jümmers noch vör ehr un keek sik ehr Knee an.

Mi harrn se so'n beten bisiet schoven – ik kunn Ela blots vun achtern sehn. Jedeen hett se in' Arm nohmen un drückt. Ehr Frisur weer al ganz dörch'nanner un Gerd hüng jümmers noch an ehr Knee.

Wokeen ehr al graleert harr, de güng in den Sool rin, üm sik 'n Platz to söken. De Gäst in swatt keken wat komisch ut de Wäsch'. De Musik weer intwüschen ut.

Jochen, Helga, Marlies un Hannes güngen rundüm un hebbt jedeen de Hand schüddelt un sik vörstellt. De annern güngen achterran. Dat seeg ut, as worrn se kondoleern.

Jan stünn mit sien Rosenstruusch jümmers noch an't Enn vun'e Gratulanten. Dat duer sien Tiet, bit alle an de Reeg weern. Jedeen wull jo ok noch wat Nettes to Ela seggen. Jan sien Rosen sehn al recht wat trurig ut. Dor weern ok nich mehr alle Köpp an. Albert harr den Struusch bit Utstiegen inklemmt. Jan sweet as dull. Dat keem, wieldatt he so dick weer un so opgeregt.

Mien Swager Jörg stünn middewiel blangen den Keerl mit'n Laptop. Jörg weer nich blots bi't Füerwehrfest för de Musik tostännig, sünnern ok bi'n Sportlerball. Noch nienich is em de Musik op düsse Fiern utgahn. Hoffentli harr he 'n poor vun siene CDs mit dorbi. He kunn jümmers so gode Musik maken. Na dat dore Klaveergeklimper kunn man jo nich danzen. Ela schull man froh ween, wenn Jörg sik nu kümmern dä. He nehm noch nich mol Geld dorför.

Mien Modder un Tante Gerhild harrn ok al graleert. Ik weer jümmers noch nich an de Reeg un bün eerstmol an't Buffet gahn. Ik worr denn an't Enn to Ela gahn. Dat kunn jo noch duern.

»Wat schall dat denn ween?« Tante Gerhild harr so'n viegelliensche Aubergin'rull twüschen Dumen un Wiesfinger un keek de komisch an.

»Antipasti«, verklaar ik ehr. Ümmerhin weer ik bald Kööksch un harr so wat al mol in de Berufsschool maakt. »Italiensch.«

»Dat is jo man blots inleggtes Grööntüüch.« Mien Modder schüddel den Kopp. »Un ik dach, de grillt. Blots goot, datt wi all'ns mit hebbt.«

Se dreih sik üm un keek, wo lang de Reeg noch weer.

Dat güng so. Blots noch tein Lüüd stünnen vör Ela. De Rest weer al in' Sool togang. Dat seeg dor al veel beter ut, de bunte Kleedaasch twüschen all de velen swatten Minschen. Lang nich mehr so trurig. Twüschendörch keek ik jümmers wedder to Ela hin. Ik wull ehr jo noch graleern. Dat duerte ewig – aver miteens stünn blots noch Jan mit siene Rosen vör ehr. Jüst as he ehr den Struusch geven wull, keem Jogi Löw üm'e Eck.

He harr 'n Höhnerbeen in't Muul. Dorüm kunn he nich bellen, sünnern is blots an Ela hoochjumpt. Se keek eerst verbaast op Jan, denn op Jogi Löw un denn kippte se üm.

Dat höört sik slimmer an as dat weer. Tante Gerhild harr Ela 'n poor Mol op de Backen haut. Se meen, datt dat jo ok keen Wunner weer. »De is so spiddelig. De hett wiss den ganzen Dag noch nix eten. Gerd, laat doch mol. Se kümmt graad wedder to sik.«

Liekers hett Gerd ehr Hart afhöört un den Puls meten – dor weer Ela al lang wedder bi Sinnen. Ik heff ehr gau 'n Cola bröcht. Dat hölpt tominnst bi mi, wenn mi swiemelig tomaat is.

»So, all'ns wedder in'e Reeg«, hett Jochen in' Sool bölkt. »Se kann al wedder sitten un drinken deit se ok. Nu maakt man nich so'n Gesicht. Nu warrt fiert.«

Ela wunk sachen mit de Hand un möök 'n Snuut, as wenn se smustern wull. In düssen Momang güng de Musik wedder los. Un dat weer eendüti Jörg, de dor de Leit harr.

»Happy birthday, Darling, may all your dreams come true.« Dat weer dat Richtige to'n Danzen. Rosi weer de Eerste op'n Sool un reep: »Damenwahl!«

De eersten Poore danzten Foxtrott quer över'n Sool. Ela bleev op'n Stohl sitten. Se harr nu wedder Farv in't Gesicht, seeg aver liekers noch böös mallerig ut. Endli kunn ik ehr graleern.

»All'ns Gode«, sä ik. »Geiht dat wedder?«

Ela keek mi verbaast an. »Ach, Daniela«, keem dat liesen ut ehr rut. »Ik...« Wieder keem se nich vunwegen den Larm. Se dreih sik sutje üm.

Maren un mien Modder kemen jüst mit de letzten Köhltaschen vun ünnen un hebbt se an de Siet stellt. Mien Vadder weer dorbi, en Tap'zeerdisch optobuun un Heidi tacker dor graad de Popeerdischdeek op fast.

»Wi köönt hier nich so eenfach uns egen

Eten …« füng Ela mit ehr letzt Knööf an. Aver Maren begööscher ehr glieks: »Dat is 'n Geschenk, dat geiht. Aver wi laat de Getränke in' Bus, dat wüllt de hier nich. Albert buut ünnen so'n lütte Bar op. Dor köönt se denn ok smöken. Geiht dat wedder?«

Ela kunn nix seggen. Ik drück ehr Hand. Mi ducht, ehr Knee dä ehr örnli wat weh – villicht weer se ok vör Wehdaag ümkippt.

Maren weer al wedder weg. Se wull dat Buffet opbuun. Ela gluup achter ehr ran.

»Velen Dank för dien Paket.« Ik wull ehr op anner Gedanken bringen. »De Jeans mit de Stikkeree mag ik för dull.«

»Wat …«, wull se graad fragen. Dor seeg se, datt se sik alle vör de Döör versammelt harrn. Vörnweg Rosi un Jutta. Dat seeg ut, as wulln se afhaun. »Maak di keen Sorgen«, begööscher ik Ela, »wi fohrt noch nich weg.«

De Lüüd in swatt keemen gor nich mehr ut' Wunnerwarken rut. Unsen Chor stünn op de Bühn un luer op Gerd un sien Quetschkommod. He speelte 'n poor Töne, geev 'n Teken un grien Ela an. Un denn güng dat los:

»Verdammte Veertig, verdammte Tahl.
Dat klingt so heftig, dor warrt man kahl.

Verdammte Veertig, verdammte Dag,
dor sünd alle kamen, de man mag …«
Ela weer so deep anröhrt, ehr lepen de Tranen över't rode Gesicht. Un wi hebbt all'ns geven.

Op de Rüchtour weer dat wat stiller as op de Hinfohrt. Wi weern all tosamen mööd vun't Fiern. Albert hett noch nich mol rümjault, as Jogi Löw op de Rüchbank speegt hett. He harr soveel Antipasti freten un kunn Knoblauch nich verdregen. Aver de Saken müssen jo weg. De weern jo betahlt un de mehrsten Gäst harrn blots noch vun uns Buffet eten.

Aver Albert weer dörch mit all'ns. Dat hett en markt. He harr jo ok den ganzen Avend arbeit. Sien Busbar weer de Renner. Wi harrn blots noch lerrige Buddeln an Bord. De swatten Lüüd harrn ganz schöön wat wegkippt. Un wat harrn de sungen bi't Drinken un Smöken! Jümmers noch mol: »Verdammte Veertig« … Dat höör sik twaars lang nich so schöön an as bi uns – liekers hett Rosi sik freut, datt ehr Leed so goot ankamen is.

Ganz wunnerbor weer ok de Karaoke-Wettbewarb. Jörg kenn sik dor al mit ut. He hett dat jümmers op'n Sportlerball maakt. Elas Chef weer Sieger worrn. He harr würkli 'n gode Stimm un leeg mit »Lady in red« ganz kloor vörn. Ok wenn sien Fru 'n swattes Kostüm an harr.

De harr den ganzen Avend Jogi Löw op'n Schoot un weer ganz verleevt in em. Ik glööv, se hett em ok de Antipasti tostüert. To'n Glück hett he eerst in' Bus speegt. Dat weer sünst gräsig worrn. Jogi Löws swatte Hoor seeg man jo nich op ehrn swatten Rock.

De Mann, de vörher so alleen vör'n Laptop seten harr, de bleev den ganzen Avend bi Albert in' Bus un hett Kööm sopen. Dat weer jo keen Verlust, denn sien Musik kunnst jo vergeten. Aver wi harrn jo Jörg. De Danzsool weer proppenfull, as he de CD mit de föfftig besten Partykracher spelen dä.

Weer meist schaad, datt Ela vunwegen ehr Knee överhaupt nich danzen kunn – nich mol bi de Polonääs' hett se mitmaakt. Se bleev lever op'n Stohl huken. Se keek uns verbiestert an – de Hoor dörch'nanner, de Ogen mööd. Tominnst hett se Nudelsolot un lütte Fleeschklopse eten. Un se hett Rootwien drunken – bannig veel Rootwien. Gerd bleev den ganzen

Avend blangen ehr sitten. Jichtenswann hett Ela eenfach ehrn Kopp an siene Schullern leggt un is inslapen.

Jan hett blots ganz kort weent – denn hett em Svenja ansnackt. Se harr rode Hoor, 'n swatten Hosenantoog an, weer 'n Kollegin vun Ela un bannig nett. Se hett later sogor Back an Back mit Jan danzt. He hett Ela gau vergeten. He hett blots noch mol huult, as wi alle to'n Bus müssen. So'n Afscheed is nix vör em.

Wi hebbt Ela noch mit 'n Bus na Huus föhrt. Se weer so in' Dutt vunwegen den Rootwien un ehre Wehdaag. Se harr dat mit 'n Taxi nienich hinkregen. Gerd is bi ehr bleven. Dat hett Tante Gerhild richtig goot funnen – vunwegen Elas Knee un ehrn Blootdruck. Gerd kümmt denn morrn mit'n Tooch trüch. Dat is doch würkli nett vun em.

Mi dücht, dat weer'n dulle Party. Elas Frünn hebbt soveel danzt un so oft uns Leed sungen, datt se as dull sweeten dään. Se hebbt sik sogor ehr swatte Jacken uttrocken.

An' Besten hett mi aver Fabian gefulln. Dat is 'n Lehrjung vun Ela. He harr 'n swatte Jeans an un 'n swatten Pullover un weer richtig flott antosehn. He hett den ganzen Avend mit mi danzt. Jichtenswann hett he mi vertellt, datt he Manu noch nienich so beleevt harr. Un Elas Familie, de harr he sik ok ganz anners vörstellt. Ik heff em fraagt, worüm he denn jümmers Manu seggt un nich Ela. He meen, datt se doch nu mol so heten worr. Ik heff nix mehr seggt. Se is jo sien Chefin. Aver Manu klingt na swatten Hosenantoog – finn ik. Un egentli passt dat gor nich to ehr. Ehr leevste Farv weer doch jümmers Geel. Botterblomengeel.

Ik kann Reisen nich utstahn

»Tein Euro een Los.« Gerlinde stünn vör mi mit lüchten Ogen. Se schüddel de Lostrommel op un daal. »Reisen, Kosmetik, Taschen – unse Werbefrünn hebbt uns de schönsten Priese todacht. Los, Christine, dor is sogor 'n langes Wellness-Wekenenn dorbi.«

Ik keek uns Deern vun' Empfang vun baven bit ünner an. De weer so opgeregt, datt se 'n grägsigen Sluckop kregen harr. Gerlinde kunn eenfach keen Knallkööm af. Dat se dat nich begriepen kunn. Dat weer op jedeen Fier so. Besünners op uns Wiehnachtsfiern. Dor weer se jümmers so opdreiht – vunwegen de Tombola. Se harr de grote Opgaav, bi de Werbelüüd vun unse Tietschrift üm Priese to beddeln. Se müss ok de

Lose drucken laten un oplezt de Priese övergeven. Jedeen Johr weer se achterran fix un fardig.

Aver de Priese, de weern würkli grootardig – dat müss man ehr laten.

»Ik nehm dree Lose«, sä ik un fummel dat passen Kleengeld ut mien Kniep. »Ik will üm all'ns in de Welt dat Fohrrad. Kannst du dor wat an dreihn?«

Gerline keek mi mit'n scharpen Blick an. Ik nehm mi denn dree Lose ut'n Kassen rut un keek op de Bühn. De Dree-Mann-Kapell wull graad wedder losleggen.

»Hier warrt gor nix dreiht« … Gerlinde trock de Losbox wedder weg. Se weer muulsch. »Hier geiht all'ns mit rechte Dinge to. Dat Fohrrad is aver gor nich de Hauptgewinn. Dat is dütmol de Reis.«

»Ik kann Reisen nich utstahn«, geev ik ehr to verstahn. »Un mien Fohrrad, dat is letzte Week klaut worrn. Vör de Redakschoon. Ünner dien Ogen, Gerlinde. Vun' Empfang ut harrst du den Spitzboov doch eegens sehn müss.«

»Also, bitte.« Gerlinde weer graad dorbi, sik optoplüstern, dor höör ik de Band »Last Christmas« spelen. Ach jo, un ik kann Wiehnachtsfiern ok nich utstahn.

Mien Kollegin Anna harr all'ns mit ansehn. »Nu is se insnappt«, meen se. »Du muttst ehr jo ok nich jümmers op de Fööt pedden. Se is doch de Eenzigst, de hier all'ns tosamen höllt, den ganzen Laden, de Wiehnachtsfier un de Tombola. Wat hest du egentli gegen den Hauptgewinn?«

»En langes Wekenenn in 'n schickes düres Hotel?« Ik schüddel den Kopp: »Luder ole, rieke Wiever, hochfahrig Personal, Hannelsvertreter an de Bar, oprüüschte Zimmer un ewig lang to fohrn – nee, schönen Dank ok.«

Ik güng Anna op'n Geist. Se rull mit de Ogen. »Du hest so vele Vörurdele! Dat kümmt dorbi rut, wenn du nienich op Reisen geihst. Du kannst doch nich jümmers dien Urlaub tohuus oder bi diene Öller tobringen. Dat is doch langwielig. Fohr doch mol weg.«

»Miene Öllern leevt op Sylt«, verklaar ik ehr sanftmödig. »Dat is 'n feinen Placken Eer un dor mutt ik noch nich mol wat betahlen. Worüm schall ik woanners hinfohrn. Dor heff ik all'ns, wat ik bruuk. Un mien Öller, de laat mi de meiste Tiet ok in Roh.«

Anna keek mi verbiestert an. Se kunn dat partout nich verstahn. »Mannomann, Christine.

Du weetst jo nich, wat du all'ns verpassen deist.«

»Jo, jo, dat kenn ik al. Wi hebbt dat Thema jo nu al 'n poor Mol dörchkaut«, wunk ik af un nehm mien Wienglas. »Jedeen Mol, wenn ik woanners hinfohrt bün, heff ik slechte Erfohren maakt. Laat mi doch eenfach in Roh to Huus blieven oder op mien Insel fohrn. Schüllt de annern sik doch de Welt ankieken.« Ik keek Anna opsternaasch an. »Och, kiek mol an, dor kümmt Gunther. Na, de kann ok nich mehr graadut lopen.«

Gunther harr de Leit vun uns Reiseredakschoon. He smeet sik mit Swung op'n Stohl un strohl uns an. »Na ji Zuckersnuten?«, nuschel he, »all'ns kloor bi ju? Verdorri noch mol, ik kann den Winter nich mehr sehn. Dorbi fangt de eerst an. Aver ik heff mien Urlaub al kloor maakt: Costa Rica, Ende Januar. Dat weer doch ok wat för di, Christine, oder?«

»Ik bün bang in' Fleger«, keem dat foorts vun mi trüch, »ik pack nich geern Koffers, ik slaap nich geern in frömde Betten, ik kann mi slecht woanners trechfinnen un ik verloop mi jümmers an frömde Orte. Dorför heff ik 'n schönet Tohuus. Un ik will ok nich för 'n Barg

Geld verreisen, wenn ik dor sowieso keen Lust op heff. Sünst noch wat?«

Anna un Gunther keken sik blots an.

»Un nu wüllt wi de Priese övergeven«, höör ik Gerlindes opregte Stimm dörch't Mikrofon. »Uns Frünn ut de Werbung hebbt uns wedder wunnerbore Priese todacht. Applaus!«

Miene Kollegen hebbt örnli in de Hannen klatscht – un ik heff eerstmol mien dree Lose utwickelt. »Hauptsache dabei«, stünn op dat Eerste. Also 'n Niete. Op dat tweete Los kunn ik »Nicht traurig sein« lesen. All'ns kloor – ik harr jo ok noch nienich wat wunnen. Maakt nix. Dat, wat bi de Tombola rutsuern worr, weer jo för'n goden Zweck. Dorüm heff ik jo ok blots mitmaakt. Ok wenn ik so'n beten op't Fohrrad spekuleert harr. Dat drütte Los heff ik ganz suutje utwickelt: »Herzlichen Glückwunsch. Sie haben die Siegernummer 3«, stünn op dat Popeer. »Yes!«, reep ik un wies Anna dat Los. »Drück mi de Duum, datt ik dat Fohrrad kriegen do.«

Anna harr dree Nieten un keek mi niedsch an. Bevör se wat seggen kunn, mell sik Gerlinde to Woort.

»Ik müch ju nu noch mol vun Harten beden: Wenn ji Gootschiens wunnen hebbt, tuuscht se bitte nich üm un laat se ok nich verfallen. Womögli fallt dat sünst op mi trüch. Danke. – So, denn wüllt wi mol anfangen. De Gewinnnummern sünd dörch'nanner. Dat maakt de Saak wat spannender. As Eerstes hebbt wi 'n Gootschien för 'n Kosmetik-Behanneln, för Fruuns- oder Mannslüüd. De hett de Gewinnnummer twee. Keen dörf ik graleern?«

Gunther keem na vörn. So richtig Füer un Flamm för sien Gewinn weer he nich. Aver Gerlinde, de weer in ehr Element. Se geev em 'n Söten, graleer em un denn güng dat wieder. De Nummer fief weer 'n Restaurant-Besöök, de veer 'n Kofferset, de een dat nogelnieg Fohrrad. Anna keek benaut na mi röver. Jutta ut de Verwalten weer de glückliche Gewinnerin. Mi keem dat so vör, as wenn Gerlinde mi wat hochmödig ankieken dä. Trurig heff ik dat Los wegsmeten. Schaad ok.

»Un nu kaamt wi to den ganz besünnern Pries.« Gerlinde tööv noch, bit Jutta dat Fohrrad bisiet stellt harr. »Dat Wellnesshotel ›Seesternchen‹ hett ganz nieg in Hörnum op Sylt opmaakt un uns 'n langet Wekenenn spendeert. Luxus pur vun Dunnersdag bit Sünndag. Un freun kann sik de Nummer ... dree.«

Ik keek jümmers noch dat schöne Fohrrad na – dor stött Anna mi an. Christine, de dree. Dat büst du doch!«

Gerlinde keek sik ungedüllig üm. »Wokeen hett denn nu dat Los mit de Nummer dree?«

»Hier«, bölkte Gunther un wies op mi. »Christine. Uns lütte Reisemuus!«

»Na Hörnum?« Ik schüddel den Kopp. »Wat schall ik dor denn? Kann ik nich mit Jutta tuschen?« Suutje stünn ik op un güng op Gerlinde to. Se drück mi den Ümslag in de Hand – nich ahn mi opsternaasch antokieken: »Glückwunsch«, sä se un möh sik to lachen. Un wat lieser keem achterran: »Versöök gor nich eerst to tuschen. Anners warr ik mi nienich mehr üm de dore Tombola kümmern!«

»Wullt du mi erpressen?«, zisch ik trüch.

Gerlinde nickköppte un lach unsen Chef an.

In de tokamen Weken hebbt se mi alle op'n Arm nohmen – de ganze Redakschoon. Dat geev nüms, de mi nich to mien Pries graleert hett. Se wüssen natürli alle, datt ik nich geern op Reisen weer. Un nu jüst noch Hörnum. Mien Öllern wahnt op'e anner Kant vun'e Insel. Dor finn ik dat ok recht wat schöner. Wat schull ik in düt niege Hotel rümsitten? Ik kenn dat jo noch nich mol. Ik harr eenfach keen Lust. Aver mien Kollegen harrn ehrn Spaaß.

Twee Daag bevör dat losgahn schull seet ik in mien Stuuv un keek mi to'n hunnersten Mol den Hotelprospekt an. De weer ok ganz schöön. De kunnen jo ok nich weten, dat jüst ik düt Wekenenn gewinnen schull. Dat weer eenfach Pech. För se un för mi. Ik smeet den Prospekt op'n Disch. Dor pingel dat Telefon.
»Hallo, Christine, hier is Pia.«
De Stimm vun mien Cousine höör sik komisch an. Entweder weer se verköhlt oder se harr huult. Un denn keem dat ok al ut ehr rut.
»Ik mutt för'n poor Daag weg. Ik heff mi mit Stefan in de Hoor. Kann ik Dunnersdag to di na Hamborg kamen?«
Also harr se huult. Ik keek mi den doren Prospekt wat neger an.
»Ik, ähm, ik bün an't Wekenenn nich hier. Ik mutt Dunnersdag leider weg.«
»Oh«, ik kunn düütlich höörn, datt Pia bedröppelt weer. »Vunwegen dien Profeschoon? Wo muttst du denn hin?«
»Na Sylt«, ik sluck. »Ik heff …«

»Du kümmst her?« Pia kunn dat nich verstahn. »Ik heff Unkel Heinz hüüt drapen. De hett mi gor nix dorvun vertellt, datt du na Huus kamen deist.«

»Ik fohr jo ok nich na Huus, ik fohr in düt niege Hotel in Hörnum. ›Seesternchen‹. Mien Öllern heff ik gor nix dorvun vertellt.«

»In't Hotel na Hörnum?« Pia weer nu ganz dörch'n Wind. »Wat maakst du denn dor? Du kannst doch Hotels nich utstahn. Un düt niege Ding is 'n övergroten Kassen. Dat hebbt Lüüd ut Berlin buut. De hebbt noch nich mol de Insellüüd inlaadt, as dat trech weer. Dien Vadder weer richtig in Raasch.«

»Ik weet.« Ik fuchel mi mit den Hotelprospekt Luft to. »Ik heff dat Wekenenn bi uns Wiehnachtstombola wunnen. Mien Kollegen wüllt unbedingt, datt ik den Gootschien inlösen do. Eerst wull ik dat mien Öllern vertellen – aver denn keem ik op de Idee, datt ik ok mol ›inkognito‹ op de Insel fohrn kunn. Mi kümmt dat jo ok so'n beten snaaksch vör, wenn ik op de Insel woanners wahnen do. Veel Lust heff ik nich. Aver ik treck dat nu dörch. Un du warrst nix naseggen!« Pia sä nix mehr.

»Is dat 'n Duppelzimmer?«, fraag se.

»Jo, worüm fraagst du?«

»Kann ik mit?« Pias Stimm höör sik elennig an. »Ik mutt hier weg. Ik segg eenfach, datt ik di in Hamborg besöken will. Dor kümmt doch nüms ut de Familie op de Idee, datt wi beiden hier op de Insel frömdslaapt. Un vör allen Dingen schall Stefan nix mitkriegen. De schall mi ruhig mol missen.« Miteens snucker se as dull. »Ik glööv, de hett 'n annere.«

»Aver Pia, dat glööv ik nich …«

Pia leet mi nich utsnacken: »Dat is doch 'n grootardige Idee. Wi fohrt dor tosamen hin. Stefan meent, ik bün in Hamborg, un ik kann heemli kieken, wat he so anstellen deit. Dat is doch allerbest. Ik fohr mit'n Tooch na Niebüll un denn draapt wi uns dor un fohrt wedder tosamen trüch op'e Insel. Dat markt keen Minsch.«

Dat höör sik all'ns gor nich goot an. Mi lang dat al, datt ik in düt Schickimicki-Hotel fohrn müss – nu schulln wi ok noch den Fründ vun miene Cousine opluern.

»Pia, gläövst du würkli …?«

»Jo.« Se höör sik miteens an, as wüss se nipp un nau, wat se wull. »Ik kaam mit. Wi vertellt nüms wat, hörst du, anners weet Stefan foorts Bescheed. Op düsse Insel warrt toveel rümsludert. Un ik mag smucke Hotels. Also, Dunnersdag Nameddag in Niebüll. Danke, Christine, ik freu mi.«

Se harr opleggt. För mi weer nu kloor: Ik worr nienich mehr Lose bi de Wiehnachtstombola köpen. Denn bün ik to mien Naversch gahn un heff mi ehrn Koffer uttolehnt.

De Tooch na Niebüll weer rappelvull. Dormit harr ik nich rekent. Dat weer doch Nebensaison un dat Wedder schull ok recht wat ruuch warrn. Se hebbt sogor wat vun'n Stormfloot vertellt. Ik harr den letzten frien Platz in' Wogen kregen un seet dor nu böös inklemmt. De Been harr ik över'nanner slaan, anners weer ik den dicken Keerl, de mi vis à vis seet, in de Mööt kamen. De drunk en Doos Beer na't annere. Tweemol al harr he versöcht, mit mi in' Snack to kamen. Un ik harr de poor Wöör op Däänsch probeert, de ik noch kunn.

Dat hett funkschoneert. He dach, ik weer 'n Dänin un leet mi in Roh.

Kort vör Niebüll weer de Regen recht wat duller worrn un de Wind bruuste as slimm. Dat hett mi keen Stück wunnert. Wiss geev dat 'n direkte Verbinnen twüschen mien Ferien un dat

Wedder. Dat is jümmers slecht ween, wenn ik ünnerwegens weer. Op Sardinien heff ik mol den köllsten Harvst in mien Leven mitkregen. Op Fuerteventura geev dat den slimmmsten Sandstorm siet ewige Tieden, op Juist müss ik mien Silvesterurlaub bit Midde Januar verlängern. Wegen Iesgang un Storm. In Portugal is mien Hotel rüümt worrn, sünst weer dat afbrennt wegen de Waldbrände.

Bavento kemen noch verscheeden Allergien, twee Lebensmiddelvergiften, en Insektenstich, den nüms kennen dä un wo ik nahto in't Koma fullen weer un mi is ok noch de Handtasch mit alle Popeere un mit dat ganze Urlaubsgeld klaut worrn. Entweder trock ik dat Mallöör an oder dat Mallör hett sik mi utsöcht.

Un nu müss ik jüst op mien Heimatinsel Urlaub maken, in't Slepptau mien Cousine, de krank weer vör Leevskummer un bavento noch 'n Stormflootwarnen.

Dat Leven un de Wiehnachtstombola meenten dat wedder mol slecht mit mi.

Kort vör Niebüll hett dat as dull regent, de Storm reet an de Bööm rüm un de Lüüd üm mi rüm weern bang, ob dat wull mit den Tooch över'n Hindenborgdamm goot gahn worr. Ik harr mi middewiel mit all'ns affunnen un weer ok nich mehr böös op Gerlinde. Dor kreeg ik 'n SMS vun mien Cousine. Ik schull man in Niebüll utstiegen. Ehr Tooch vun'e Insel keem wegen den Storm wat later.

Na dree Tassen Koffie un 'n Portschoon Pommes mit Ketchup weer de Tooch ut Westerland optletzt dor. Ik keek stuur op'e Döör un na dree Minuten keem Pia in't Bahnhoffslokal rin: Se harr 'n dicke Regenjack, Mütz, Schaal un Handschoh an un sleep 'n övergroten Koffer achter sik ran. Se leet ehrn Koffer an de Döör stahn, leep op mi to, nehm mi in' Arm un hachel: »Maak to, de Tooch na Westerland kümmt in twee Minuten. Dat is villicht de Letzte. Wi hebbt negen Windstärken un jichtenswann warrt de Toochverkehr instellt.«

Dat weer gor nich so eenfach, Pias groten Koffer in'n Tooch rin to slepen. Wi hebbt örnli rümwuracht un dat in' allerletzten Momang doch noch schafft.

»Wat för'n Schietwedder«, stöhn Pia un sett sik daal. »Ik weer al bang, datt de Tooch gor nich mehr fohren worr.«

Vun de Welt dor buten weer nix mehr to

sehn. Blots dicke Regendrüppens, de as dull gegen de Schiev trummelten.

»Verdorri noch Mol, wat hest du denn blots all'ns mit?« Pias Koffer weer sowat vun swoor, de kunnen wi gor nich hoochböörn in de Gepäckopbewohren. De Koffer müss twüschen uns stahn blieven. Dor weer al 'n groten Waterplacken op de Eer.

»Ik heff Stefan seggt, datt ik noch nich weet, wann ik trüchkamen do«, vertell Pia. »He hett mi liekers na'n Bahnhoff hinbröcht. Ik harr mi eegens överleggt, in Westerland to blieven. Denn harr ik mi de Fohrt spoort. Aver Stefan hett mi nich blots to'n Tooch bröcht, de hett mi ok noch den Koffer in'n Tooch rinstellt. Dor müss ik jo fohrn. Wat för'n Stress.«

Se möök de Ogen dicht, reet se aver glieks wedder op un grien mi an. »Dree Daag Luxus för ümsünst, Christine. Velen Dank. Also, ik freu mi.«

Ik keek ehr lang an, wies na't Finster rut. »Regen, Stormfloot un düster is dat ok noch. Un wi sitt in Hörnum fast. Bavento heff ik hüüt Nacht dröömt, datt wi mien Öllern in de Arms lopen doot. Di is doch wull kloor, datt mien Vadder richtig muuksch warrt, wenn he rutkriegen worr, datt ik op de Insel bün un mi nich mellen worr?«

»Du hest se echt nix vertellt?« Pia keek mi mit Bewunnern an. »Dat harr ik di nich totruut. Du kannst doch so slecht lögen. Ik heff mien Öllern vertellt, datt ik dat Wekenenn bi di bün, dat stimmt jo sogor. Se hebbt mi gor nicht fraagt, wo. Aver Unkel Heinz un Tante Charlotte, de kriegt doch gor nich mit, datt wi in Hörnum sünd. Un bi dat Wedder warrt de wiss nich över de Insel fohrn.«

Middewiel weern wi op'n Hindenborgdamm. De Bülgen sprütten bit an de Schienen ran. Wohrschienli worrn se denn Bahnverkehr würkli bald instellen. Denn seten wi op de Insel fast. Verdorri noch mol, worüm hett Jutta blots dat Fohrrad wunnen un nich düsse verdorrigte Reis?

De Storm reet uns meist üm, as wi op'n Bahnhoffsplatz in Westerland stünnen. Dat duer nich lang un wi weern dörch un dörch natt.

»Dor is nich een Taxi to sehn«, schafudder Pia un wisch sik den Regen ut' Gesicht. »Dat kann ik nich glöven! Los, denn nehmt wi eben den Bus. De steiht al dor.«

Dor weer keen Minschen ünnerwegens. Wegen de Stormflootwarnung weern de Lüüd glieks tohuus bleven. Wi hebbt tosehn, datt wi eenigermaten dröög in' Bus kemen. De Fohrer kasseer un keek uns durig an.

»Hoolt ju man nix weg«, sä he. »Dor hebbt ji aver Glück hatt. Dat weer de letzte Tooch un düt is de letzte Bus. Denn is Sluss. Stormflootwarnung. Den Koffer köönt ji aver nich in' Gang stahn laten. Schuuvt em man twüschen de Sitze. Dat Fohrn is so al 'n Kunststück. Dor mööt dor nich noch de Koffer dörch de Gegend flegen.«

Dor weern noch twee ole Fruunslüüd in' Bus. Wi hebbt Pias Monsterkoffer twüschen de Bänke schoven un miene lütt Reisetasch glieks blangenbi.

Mien Cousine keek mi so'n beten achtertüksch an. »Ik will jo nix seggen ... aver liggt dat villicht doch an di? Wi hebbt hier siet fief Johr nich mehr so'n dulle Stormfloot hatt. Un nu kümmst du an un wullt en Wekenenn in't Hotel tobringen un bums ... Is doch sünnerbor, oder?«

Ik keek miene driebennatten Schoh an un harr miteens so'n Lengen na mien schöne Wahnung in Hamborg. Ik wull hoffen, datt de Sauna in't Hotel noch nich dichtsparrt weer.

Dat Hotel weer to'n Glück nich wiet weg vun de Bushaltesteed. Wi müssen blots tein Minuten gegen den Wind lopen. Dat hett aver reckt, dormit wi beiden bit op de Ünnerbüxen natt weern.

Pia plier hooch un keek sik dat Hotel an. »Dat süht dor jo so düster ut«, reep se mi luuthals to. »Ik glööv, de sünd wiss nich utbucht.«

Mit all uns Knööv hebbt wi unse Koffer na de Döör ropsleept. An de Rezepschoon stünn 'n junge Fru in't Schummern. De weer graad dorbi, mit 'n Füertüüch 'n groten Barg Teelichter antoböten. Mien Schoh gwutschten över de Kacheln röver. Achter Pias Koffer weern nu twee breede Waterspoorn.

»Goden Avend«, sä ik un bleev vör'n Tresen stahn. »Mien Naam is Christine Schmidt vun de Tietschrift ›Femme‹. Ik heff 'n Gootschien för 'n Wekenenn för twee Personen wunnen.«

»Oh je.« De junge Frau keek mi verbaast an. »Ik heff 'n poor mol versöcht, se antoropen. Schient so, as wenn de Nummer nich stimmen deit. Also, Fru Schmidt, wi hebbt dor so'n lütt Malesche.«

Dat weer kloor. In mien Urlaube geev dat jümmers Malesche. Schull mi mol verlangen, wat dat dütmol weer.

»Keen Strom?«, fraag ik fründli. Dat kunn ik tominnst al sehn.

»Ähm, jo«, meen se verbiestert un bläder in ehr List rüm. »Dat ok. Also siet 'n Stünn. Jichtenswo is 'n Strommast ümfulln. Aver de Elektriker sünd al los. Nee, wi hebbt 'n anner Problem. Wi hebbt düt Wekenenn 'n Reise-Tagung. Dor geev dat 'n Versehn bi de Buchung. Na, kortüm: Wi sünd total överfüllt. Dat deit mi leed.«

Se keek uns unglückli an un sä denn: »Mien Chef kümmt aver glieks. Villicht finnd wi jo 'n Lösung.«

»De mutt sik finnen«, sä Pia un wies na buten. »Wi kaamt hier nämli hüüt Avend nich mehr weg.«

Achter in'n Gang güng 'n Döör op un 'n Trupp luude Mannslüüd keem in't Foyer rin: »Woans schall en denn so arbeiden?«, »Gifft dat nich mol Koffie?«, »Wat is dat denn för'n Mist?«, »Hebbt ji dat al höört? Keen Fleger, keen Schipp, keen Autotooch. Wenn't gootgeiht, denn eerst morrn Meddag wedder.« »Wokeen harr blots de dösige Idee, hier to tagen?«

De Luun bi den Verband vun de Reiseveranstalter weer eendütig slecht. An de Spitz vun den Trupp stünn so'n dicken Keerl. As he sik ümdreih, weer dat de Beerdosendrinker ut'n Tooch.

Ik böög mi to Pia un sä liesen: »Kannst du egentli 'n beten Däänsch?«

Se keek mi verbiestert an.

»Fru Schmidt?«

Achter mi stünn miteens 'n Mann in' eleganten Antoch. »Goden Avend, mien Naam is Thomsen, ik heff de Leit vun't Hotel un … Pia?«

Verbaast gluupsch he op mien Cousine, de sik nu eerst ümdreiht harr.

»Wat maakst du denn hier?«

»Och nee, Jasper.« Pia keek em vun baven bit ünnen an. »Du büst hier Geschäftsföhrer? Siet wann dat denn? Christine, dat is Jasper Thomsen. Wi sünd tosamen to School gahn. Dat is mien Cousine Christine Schmidt. So, wo lang mööt wi hier denn noch rümstahn? Miene Schoh geevt meist den Geist op.«

»Is wat passeert?« De coole Geschäftsföhrer keek verbaast. »Ik meen, wieldatt du hier to Gast büst.«

»Dat is doch schietegool.« Pia pedd vun en Foot op'n annern. »Christine hett'n Gootschien för 'n Luxuswekenenn wunnen un nu wüllt wi em hier inlösen. Nu, Jasper!«

»Tja.« He beet sik op de Ünnerlipp. »Fru Martin hett dat jo al seggt. Wi harrn 'n Buchungsfehler un sünd mit dat Seminor total vull. Wat maakt wi denn nu? Köönt ji nich …«

»Herr Thomsen?« Fru Martin keem opregt anlopen. »De Straat in Rantum steiht ünner Water. Dat gifft keen Chance na Westerland to kamen. Ik heff al mit de annern Hotels in Hörnum telefoneert. De sünd ok alle wegen de Reise-Tagung utbucht. Wat maakt wi denn nu?«

»Un ji kaamt in' Momang jo ok gor nich weg«, sä Jasper un weer recht wat raatlos. »De eenzigst Möglichkeit is de Personalstuuv. Fru Martin, geiht dat kloor?«

»Jo«, meen se un överlegg kort, »… an un för sik jo.«

De Mannslüüd, de in' Gang stünnen, weern jümmers noch vull in Brass un repen na'n Geschäftsföhrer. Jasper Thomsen nick uns kort to un leep los.

Wi sammelten uns Packelaasch tosamen un sünd achter Fru Martin ran.

As wi optletzt alleen weern, bleven Pia un ik lang in de Döör stahn un keken benaut in de Stuuv rin. Pia keem as eerste wedder to sik. »Ik mutt dat natte Tüüch uttrecken«, sä se, »un duschen. Wat hett se seggt? De Dusch is de eerste Döör rechts op'n Flur, oder?«

»Jo«, ik nickköpp. »Blangen dat Klo. Hest du dat Betttüüch sehn?«

»Biber.« Pia wisch över de Deek röver. »Un düsse Retromuster sünd in' Momang groot anseggt. Ik gah duschen.«

As se ut de Döör weer, heff ik mi eenfach op en vun de beiden smallen Betten smeten. Dat weer dat slimmste Zimmer, wat ik kennen dä. De Möbel sehn ut, as wenn se ut de Stuuv vun so'ne Twölfjohrige klaut weern. Dor fehlte blots noch dat Poster vun Justin Bieber. Wohrschienli worr dat bi Licht noch wat gräsiger utsehn. Wi harrn jo blots Talglichter an.

Vunwegen Luxuswekenenn. Ik heff vör alle Fälle Fotos maakt. De wull ik later Gerlinde schicken. Se worr dat wiss för Swinnel holln. Op'n Flur höör ik miteens Pia luudhals losschreen. Wohrschienli harr se graad mitkregen, datt dat Water ok koolt blifft, wenn't keen Strom geven deit. Ik harr ehr dat seggen schullt.

Later an' Avend seten wi ünnen an' Kamin. Dor weer dat so'n beten kommodig un wi kregen ok 'n warme Supp. De harrn se op'n Gasherd kaakt. Aver wi seten dor tosamen mit üm un bi fofftig Reiseverkehrslüüd – un de weern alle duun. De Dicke ut'n Tooch weer ok wedder mit dorbi un keek mi füünsch an, wieldatt ik sien däänschen Kollegen nich verstahn kunn. De wull afsluut mit mi snacken.

Nu harr de Dicke ok endli mitkregen, datt ik gor keen Dänin weer. Pia reep in de Twüschentiet ehr Modder an. De weer heel froh, datt Pia bi mi in Hamborg weer. In' Süden vun'e Insel geev dat nämli wegen de Stormfloot keen Strom mehr, vertell se. Blots in' Norden weer noch all'ns in Ordnung. Pias Öllern seten graad ganz kommodig mit mien Öllern tosamen un spelten Korten. In't Warme. Aver se harrn Stefan drapen, rein tofällig. He weer mit Berit tosamen op'n Weg na't Füerwehrhuus. De Armen müssen bi düssen Storm natürli to'n Deenst.

»Berit?« Pia harr böös vertöörnt nafraagt un mi denn vertellt, datt Berit wull de eenzigst Fru bi de Friewillige Füerwehr weer un bavento noch de Exfründin vun Stefan.

»Ik wüss dat doch«, reep Pia füünsch. »Ik

will blots hoffen, datt wi de Füerwehr hier nich bruken warrt.«

»Se mööt uns doch blots redden, wenn wi op't Dack to sitten kaamt«, begööscher ik ehr. »Un so slimm warrt dat wull nich. Hett tominnst dien olen Schoolfründ seggt. De Storm schall morrn weniger warrn. Un bit an uns Hotel reckt de Floot nich.«

De Sauna weer natürli ok nich in Gang, jüst so as ok de Fernseher. Dor bleev uns nix anners, as ganz veel Rootwien to drinken. Den müss jo dat Hotel betahlen. Jasper Thomsen keem alle tein Minuten an, üm sik to entschulligen. För de Fehlbuchung, för de Stormfloot un för all de annern Maleschen. He geev sik veel Möh üm uns. So richtig dull sogor. Un mi keem in' Sinn, ob he sik nich in mien Cousine verleevt harr. Dat weer in' Momang doch gor nich mol so verkehrt, wo Stefan doch tosamen mit düsse Berit de Insel redden müss.

He keek mi so'n beten verbiestert an, kreeg aver an't Enn vun Pia 'n Söten op'n Mund. Un denn güngen wi mit de Taschenlamp in uns Personalstuuv. Jasper Thomsen keek uns lang na.

Annern Morrn weer de Strom wedder dor, de Storm weer ok wat weniger worrn un wi harrn 'n dicken Kopp. Na't Fröhstück weer Pia an't Sineern, woans se Stefan wull an' besten bi de Büx kriegen kunn. »Weetst wat? Ik fohr na Berit hin. Ik müch wetten, datt he ok dor is!«

»Mit'n Bus un mit dien Monsterkoffer?« Ik weer graad dorbi, mien Ei mit een Slag to köppen. »Un wat wullt du em seggen?«

»Datt dat ut is.« Pia keek mi wiss an. »Un den Koffer, den laat ik hier. Achterran kaam ik wedder un denn gaht wi in'e Sauna.«

»Is denn de Straat al wedder frie?«

»Nee, noch nich.« Jasper Thomsen weer an unsen Disch kamen un harr uns wull tolustert. »Villicht hüüt Middag. Un de Sauna is leider ok noch nich wedder in'e Reeg. Wi hebbt dor wull 'n Problem mit de Technik.«

Wo kunn dat ok anners ween. Ik wisch mi över de Stirn. Jichtenswat kribbel dor as dull.

»Hett di wat steken?« Pia höör gor nich na Jasper hin. Se keem dichter an mi ran. »Du hest dor so lütte Bulen.«

Mi dücht miteens, datt de doren Bulen jümmers grötter worrn. Nu seeg sik ok Jasper mien Gesicht genauer an.

»Stimmt«, meen he. »Dat süht nich goot ut. Büst du op jichtenswat allergisch?«

Op Reisen bün ik allergisch, dach ik so bi mi. Miteens mark ik, datt dor mehr un mehr Bulen kemen un mien Kopp worr ganz hitt.

»Wi hebbt tofällig 'n Gast hier, de Dokter is.« Jasper weer in Sorg. Wohrschienli wull he sik mit Pia goot stellen. »Schall de sik dat mol ankieken?«

Middewiel juck dat överall. »Dat mutt nich ween«, sä ik liesen un kratz mi an' Ünnerarm. Dor dükerten miteens ok düsse Bulen op. »Blots keen Ümstänn.«

»Aver dat maakt doch nix«, wunk Jasper af. Denn leep he los, üm den Dokter to söken.

Den Rest vun' Dag leeg ik ünner't Retrobetttüüch in de Personalstuuv. De nette Dokter weer egentli 'n Kinnerdokter. De harr den Kopp schüddelt, sien Brill afsett un seggt, datt he sowat noch nienich in sien Leven sehn harr. He worr op 'n allergische Reakschoon tippen. He geev mi 'n poor Tabletten gegen dat Kribbeln un denn schull ik man blots op mien Stuuv blieven. Eerstens worr ik in' Momang ehrer gräsig utsehn un denn wüss man jo ok nich, ob dat anstekend weer. Ik schull op keen Fall in de Sauna gahn, in't

Swimmbad oder in de Küll. Un he harr mi ok för scharp Eten, Alkohol un Zucker wohrschaut. Aver tominnst wünsch he mi all'ns Gode.

Pia keek mi sünnerbor an un meen op'nmol, datt se nu gor keen Lust harr, sik bi mi wat wegtoholln.

»Weetst du wat? Du leggst di an' besten 'n beten hin un ik versöök mol, na List to kamen. Ik mutt weten, ob dor wat ingang is twüschen Stefan un Berit. Dat kannst du doch verstahn, oder?«

Ik kunn dat natürli nich verstahn. Un ik funn dat överhaupt nich goot, datt ik hier alleen blieven schull. Ik heff blots de Ogen dicht maakt un mi vörstellt, ik leeg in mien egen Bett. Ahn de Bulenpest.

Later leeg ik jümmers noch in de gräsige Stuuv. Ik müss mi de ganze Tiet kratzen. Tominnst heff ik rutkregen, woans man de Antenn vun den lüerlütten Fernseher hindreihn müss, üm ahn Flimmern Fernsehn to kieken. Twee Stünnen lang heff ik mi mit so'n jungen Keerl amüseert, de wat verköpen wull. Toeerst Blusen för Fruunslüüd un denn Springbrunnen för de Stuuv.

Ik heff nix vun em köfft. Dat harr ik ok gor

nich kunnt. Dat geev nämli keen Telefon op de Stuuv un ik harr ganz vergeten, mien Handy optoloden. Nu weer de Akku leer. Ik weer graad ut' Bett rut un wull dat Ladekabel söken, dor worr de Fernseher swatt un dat Licht güng ut. De Strom weer wedder weg. Ik kunn noch nich mol en anropen. Nu weer aver ok Sluss mit lustig.

Fru Martin stünn mit'n Handy an't Ohr an de Rezepschoon. Se weer kort vör't Dörchdreihn. As se mi seeg, wunk se af un güng en Schritt trüch. »Dat is mi schietegool, woans se dat hinkriegen doot. Aver wenn hier nich in'n halve Stünn dat Licht wedder angeiht, denn köönt se sik warm antrecken.«

Se pack dat Telefon bisiet un keek mi durig an. »Oje, dat warrt jo jümmers slimmer mit ehr Allergie. Dat is jo Schiet. Jüst nu, wo se op Reisen sünd. Steekt dat egentli an?«

Ik gluup ehr an.

»De Strom is nich weg wegen den Storm – en vun de Füerwehr hett dat Kabel dörchhaut, as se bi't Oprümen weern. Ik dink mol, dat warrt hier glieks wedder hell. Un later köönt se 'n anner Zimmer kriegen. En poor vun de Verbandsmaaten reist glieks af. Un ...«

De Döör güng op un koole Luft weih in't Foyer rin. En deepe Stimm, de mi bekannt vörkeem, sä: »Hallo, Fru Martin, wi hebbt dat Kabel funnen, dat is … Christine? Wat maakst du denn hier? Du sühst jo gräsig ut.«

»Dank ok, Stefan. Un wat maakst du hier?«

He wies op sien Füerwehruniform. »Ik bün in' Deenst. De Stormfloot hett düchdig Schaden anricht'. Un ik wull Pia vertellen, datt uns Dack 'n Lock hett.«

»Woso Pia?«

Ik harr wull middewiel ok Bulen in' Bregen. Woso wüss Stefan, datt Pia hier weer?

»Ji sünd doch tosamen hier. Dat hett Jasper mi güstern vertellt. Em keem dat komisch vör, datt Pia hier in't Hotel ringahn is. Mi egentli ok. Aver dat kann se mi jo nahstens sülven verklaarn. Dor kümmt se jo.«

Jüst in den Momang keem Pia in de Döör rin, keek kort verbaast un stell sik vör Stefan op.

»Wat wullt du hier?«

He smuuster ehr wat sööt an: »Ik wull di seggen, datt uns Dack 'n Stormschaden hett. De kann morrn eerst wedder repareert warrn. Un ik wull mi bi di entschulligen. Deit mi leed, dat mit unsen Striet. Dat weer nich so meent.«

»Köönt ji dat later ünner veer Ogen afmaken?« Mien Bulen juckten as dull. »Ik mutt stantepee na'n Huutdokter hin. Büst du mit dien Auto hier, Stefan?«

»Na kloor. Mit 'n Füerwehrbus. Ik kann di fohrn.«

»Is de Straat denn al wedder ganz frie? Bit an't anner Enn vun'e Insel?«

»Jo.« Stefan nickköpp. »Wi hebbt doch de ganze Nacht pumpt un oprüümt.«

Ik keek Pia staatsch an. »Denn fohr ik nu na'n Dokter un achterran na Huus. Ik heff de Nees vull.«

»Aver wi hebbt doch so'n schönet Zimmer för se.« Fru Martin wunk opgeregt mit'n Slötel. »De Gootschien gellt doch för dree Nächte mit Spa un Fröhstück. Se mööt doch nich afreisen. Ik kann den Gootschien jo ok nich utbetahlen.« Se weer vertwiefelt. Villicht weer se bang, datt ik in de ›Femme‹ wat Slechtes över dat Hotel schrieven worr.

»Denn blievt wi eben«, sä Pia un begööscher Fru Martin so'n beten. »Stefan un ik, meen ik. Wenn dat Dack sowieso in' Dutt is, denn köönt wi jo ok gor nich na Huus.«

Jüst nu güng dat Licht wedder an. Fru Martin keek dankbor an de Deek un lach. »Mienetwegen. Dat is jo all'ns betahlt un bucht.«

Mi full 'n Steen vun't Hart. »Schöön, denn hool ik nu mol mien Tasch.«

Op de Straten weer kuum noch wat vun' Storm to sehn. As wi bi'n Huutarzt weern, wull ik noch eens vun Stefan weten: »Woso is dat egentli mit dat Kabel passeert?«

»Dat hett Berit tweimaakt. Se kiekt nienich richtig hin. Se is eegens blots in de Füerwehr, wieldatt ehr Mann ok mit dorbi is.«

»Weer se nich mol dien Fründin?«

Stefan keek mi verbiesert an. »Jo, dor weer ik negen. Un se söven.«

Af un an fraag ik mi, worüm Pia jümmers so överdrieven mutt.

De Hölpersch in de Praxis keek mi blots kort an un sä: »Och je. Deit dat weh oder juckt dat blots?«

»Dat juckt.«

»Denn kaamt se man glieks mol mit.«

Se stünn op un güng vörut. In' den Momang güng de Döör achter uns op.

»Goden Morrn, ik mutt ... Christine?«

Ik dreik mi foorts üm un wokeen stünn dor

vör mi? Mien Vadder. Sien Gesicht weer överseiht mit Bulen. Wi sehn meist liek ut.

»Christine! Du hier? Dat gifft dat doch gor nich. Verdorrig noch mol, du sühst aver nich goot ut.«

»Nich leger as du.« Ik heff mol kort de gröttste vun siene Bulen anfaat. »Deit dat weh oder juckt dat blots?«

»Dat juckt.« He nehm mien Hand un swiester liesen: »Is aver nich so slimm. Stell di mol vör – Mama un ik hebbt 'n Reis wunnen. Na Hamborg. Musical un Hotel. Ik heff aver gor keen Lust. Dor kümmt mi de Allergie goot topass. Mama kann doch mit Tante Inge fohrn. Un du? Wullst du uns överraschen? Man goot, datt du nich al güstern kamen büst. Wi harrn so'n dullen Storm.«

»Ik weet.«

Later worr ik em all'ns vertellen. Aver nu wüllt wi erst mol weten, ob so'n Reiseallergie verarvt warrn kann.

Düt wunnerbore Sommergeföhl

»Dat is nich wohr!« Ik keek verbaast op den Hotelprospekt un denn in dat Gesicht vun mien Swester. »Dat kann doch eenfach nich dien Ernst ween. Mit Brigitte?«

»Woso?« Emmi keek mi füünsch an. »En wunnerbores Hotel, en schönen Strand, allerbest Wedder – un ik heff annerletzt in't Blatt leest, wi schüllt 'n Johrhunnertsommer kriegen. Hest du dat ok höört?«

»Emily! Dat maak ik nich, dat kannst du vergeten. Un dien Johrhunnertsommer, den kannst du di ok in de Hoor smeren.«

»Wees doch nich glieks wedder so opsternaatsch.« Ganz suutje trock sik mien Swester ehrn Pullover ut un puuß sik de Hoor ut' Gesicht. »De Sünn is böös hitt. Graad in de Stadt. Sweetst du gor nich?«

»Nee«, meen ik füünsch, »ik sweet nienich. Un ik heff ok nich vör, ut de Stadt to fohrn. Hamborg in' Sommer – ik mag dat to geern.«

»Dat is jo mol wat ganz Nieges«, geev se trüch, »letzt Johr hest du noch rümjault, wieldatt Kai nich mit di na Sylt fohrn wull ...« Stimmt dat würkli? Ik wull mi dor eenfach nich mehr op besinnen.

»... un nu kannst du na Sylt un muulst liekers rüm«, meen Emmi un keek mi vergretzt an. »Di kann man dat ok würkli nich recht maken.«

Ik keek mi den Prospekt nipp un nau an. »Wohnen und Wellness unterm Reetdach«. Un dat mit Brigitte. Soveel to dat Woort Wellness.

Brigitte, de is wat heel Besünneres. Aver se kann en ok böös op'n Geist gahn. Se is de jüngste vun miene Tanten, dreeunföfftig Johr oolt, scheed, mol blond, mol roothoorig, mol blauswatt farvt, Grötte 38 bit 42 – kümmt ganz op ehre Luun an. Un se is jümmers an't Söken. Wono? Dat weet bither nüms so genau. Un jüst mit düsse Brigitte schull ik nu en Wekenenn op Sylt tobringen.

Ik schoov mien Swester den doren Hotelprospekt röver un schüttkopp: »Nee, velen Dank. In't Leven nich. Mi geiht dat nich goot. Ik heff in' Momang würkli ganz anner Probleme. Brigitte, de fehlt mi noch to mien Glück. Ik kann dat nich.«

»Katrin!« Emmi keem nu in Raasch. »Langsom geihst du mi op de Nerven. Kloor, du hest graad Malesche mit dien Keerl…«

»He hett mi verlaten…«, kreeg ik graad noch rut. Bats kemen mi de Traanen, »… na dree Johr. Un blots, wieldatt düsse Dööskopp wat mit sien Kollegin anfungen hett.«

»Letzt Johr wullst du den Dööskopp doch noch sülven verlaten.«

»Dat heff ik blots so seggt«, verbeter ik mien Swester. »He is de Leevde vun mien Leven. Ik will em trüch.«

Emmi rull mit de Ogen. »Du tüderst doch. Aver schietegool. Wi hebbt Brigitte düt Wekenenn to'n Geburtsdag schenkt. Du harrst jo wat seggen kunnt. Un se will ok unbedingt mit di fohrn. Dat hett se nipp un nau so seggt. Verdorri noch Mol, dat gifft würkli Slimmeres, as bi Sünnschien 'n poor Daag na Sylt to kutschern.«

»Jo. Een Wekenenn mit Brigitte. De is mi echt to anstrengend.«

»Dat büst du ok, mien leevste Swester. Tominnst in' Momang. Also, pack dien söven Saken, se hoolt di morrn Middag af.«

Un nu seet ik muulsch in Brigittes olen Golf un töövte, datt se wedder trüch keem vun' Kiosk an de Verlodestatschoon in Niebüll. Se weer al över tein Minuten dor binnen. Intwüschen keem al de Ansage, datt glieks verlaad warrn schulln.

De Autos in'e eerste Spoor fohren al los. Dor weern blots noch negen vör uns. Bi dat Sövente, dor keem se endli anlopen. Se smeet verscheeden Tietschriften op mien Schoot un twee Pappbekers. Denn packte se noch ganz vörsichti 'n Flasch Knallkööm in de Siet rin un stell den Motor an.

»Dor binnen steiht düsse Schauspeler ...«, vertell se vergnöögt, »... den du ok so geern sehn magst. He hett mi'n Autogramm op de Tietschrift geven. Kannst du sien Naam lesen?«

»Segg mol – ik maak mi binah in de Büx, wieldatt se miteens alle losfohren doot un du kümmst eenfach nich an Land.« Ik weer böös in Brass.

»Woso?«, Brigitte keek mi verbaast an, »ik bün doch dor. Jüst to rechte Tiet. Se fohr op den

Autotooch rop un höll achter'n roden Porsche Carrera an. Dat is mol 'n flottet Auto, wat?«

Ik keek bang na vörn op de smucke Karr'. »Treck blots de Handbrems an. Nich, datt du em noch achter rop rullen deist. So'n lüerlütte Schramm an' Porsche geiht richtig in't Geld.«

Brigitte hett eenfach'n Gang inleggt un denn greep se na den Knallkööm. »Du maakst di aver ok wegen jedeen Schiet Gedanken. Woso schull ik den anfohrn? Dat heff ik noch nienich maakt. Giff mi mol de Pappbekers röver, wi wüllt op de Insel anstötten. Un villicht kunnst du jo diene slechte Luun op't Festland trüchlaten.«

Ik wull nich togeven, datt ik letzt Johr sülven op'n Porsche oprullt weer. Natürli mit Kai sien Auto. Un blots, wieldatt ik vergeten harr, de Handbrems antotrecken. Kai weer böös in Raasch kamen – ofschonst bi em blots 'n lüerlütten Kratzer to sehn weer.

De Kratzer an' Porsche harr meist 1500 Euro kost. Natürli müss ik dat sülven betahlen. Kai hett sik de ganze Rüchfohrt lang opreegt. Ik harr jümmers so'n Maleschen – ik trock dat Pech wull an. Bi den Gedanken an Kai kemen mi al wedder de Tranen.

Brigitte nehm mi in' Arm. »Wat hest du

denn nu al wedder? Ik heff dat doch gor nich böös meent.«

Ik wunk trurig af. »Laat man, Brigitte, mi geiht dat in' Momang eenfach nich goot. Du harrst mi man lever tohuus laten schullt.«

»Hier«, Brigitte geev mi'n Pappbeker mit Knallkööm röver. »Drink man un denn kiek di 'n beten üm. De Sünn schient, de Heven is blau, wi wahnt in en wunnerboret Hotel mit Sauna un Swimmbad, wi bruukt blots tein Minuten bit an' Strand un op de Insel, dor gifft dat wiss jede Menge goot buute Mannslüüd, bruunbrennt, charmant un vull Lengen.«

»Ik heff keen Lust op goot buute, bruunbrennte Keerls.« Ik kunn kuum snacken vunwegen de Tranen. »Aver so wat vun keen Lust.«

»Aver ik«. Brigitte lehn sik an de Schiev un keek verdröömt na buten. Ik keek ehr schuulsch vun de Siet an.

Ehr Esotheriktrip weer woll vörbi. Se harr nu Jeans un 'n Blazer an un nich mehr düsse bunten, willen Muster. Ehr Hoor weern ok wedder blond statts hennaroot un dat stünn ehr op't Best. Bavento harr se sik ok noch oprüüscht. Dat harr se al lang nich mehr doon –

vunwegen de Tierversuche un so. Egentli seeg se ganz goot ut. Ümmerhin weer se twintig Johr öller as ik.

»Wat heet denn, aver ik?« fraag ik verbiestert. Brigitte grien. »Ik kunn goot mol wedder so en Sommerleev hebben. Dat weer ok wat för di, nu, wo du düssen Döösbaddel endli los büst.«

Ik heff mi de passen Antwort verknepen. Sünst harr dat doch blots Striet geven. Dat weer typisch Brigitte. Se harr Kai eenmol sehn un wüss wedder mol all'ns beter. Wat weer denn mit ehr?

Se weer al siet tein Johr alleen, harr af un an mol so drullige Keerls un dat weer't denn ok. Ehr Ex weer gor nich Mol so verkehrt west. Aver so op'n Stutz harr se de Scheidung wullt. Se hett uns domols vertellt, datt se nich vör luder Langewiel un Alldagsfrust brägenklöterig warrn wull.

Denn lever scheed. Ik funn dat domols teemli stark. Vör allen Dingen, wo se noch gor keen annern Keerl in Utsicht harr. Aver den hett se jo bit hüüt noch nich, worüm ok ümmer. Keeneen kunn dat verstahn. Mit'nmol kreeg ik Angst, datt mi dat jüst so gahn worr as ehr. Alleen in en groot, lerrige Wahnung, blots mit mien Job, keen Mann, keen Kinner, jüst so as Brigitte. Wedder kemen mi de Tranen.

Mitmol dreih mi Brigitte den Spegel to un ik kreeg mi to Gesicht. Ik weer kriedenwitt un harr 'n deepe Foolt twüschen mien verhuulte Ogen. Ik tuck tosamen. »Wat schall dat denn?«

»Kiek di blots mol an.« Brigitte beluer mi vun baven bit ünner. »So'n Snuut treckst du siet wi in Hamborg losfohrt sünd. Langsom geiht mi dat op'n Geist. Hey, wi hebbt 'n poor schöne Daag vör uns, wi hebbt Sommer, du büst jung, egentli sühst du ok ganz goot ut, wat wullt du denn noch?«

»Ik will nich ahn Kai ween. Ik will mien olet Leven trüch. Ik will, datt Kai insüht, datt he mit mi veel beter an is as mit düsse Vera. Ik will em trüch.«

Nu güng dat Blarren eerst richtig los bi mi. Brigitte hett kort mit de Ogen rullt un denn dat Autodack opkurbelt. De Sünn baller mi jüstemang in mien Gesicht rin. Ik müss mien Sünnbrill söken.

»Katrin, du büst 32 un benimmst di, as wenn du twölf weerst. Du hest dree Johr mit düssen Kai tosamen leevt. Ik wull jo man nix seggen –

aver ik heff noch nienich so'n överspöönschen un langwieligen Keerl drapen.«

»Du kennst em doch gor nich richtig. Du hest em villicht tweemol sehn – dor kannst du doch noch gor nix över em seggen.«

»Ha …«, Brigitte lach so'n beten suer, »… mi hett dat eene Mol förwiss langt. He hett mi den Tipp geven, ik schull mi man rechtiedig kümmern, datt ik in't Öller versorgt bün – as Fru ahn Mann worr ik sünst dörch dat Raster falln. Minsch Karin, ik bitt' di, ik heff em blots keene schüert, wieldatt ik di so geern heff.«

»Dat hest du wiss verkehrt verstahn. Ik weer geern mit em tosamen un wi passten ok op't Best tosamen.«

»Hool op!« Brigitte keem in Brass – ik kunn de hellroden Plackens an ehrn Hals sehn. »Du weerst so fidel un kandidel. Un denn hest du em kennenlehrt. Un hest blots noch mit den Keerl op't Sofa huukt. Dree Johr lang. Och nee, in' Sommer hebbt ji jo ok mol op june Waschbetonterrass grillt.«

Middewiel fohr de Tooch al över de Insel. Brigitte gluup op de eersten Hüser, as wi dörch Morsum zuckelten. »… letzt Johr heff ik noch to dien Swester seggt, datt du jümmers stiller warrst un di ok jümmers all'ns op de Nerven geiht. Emmi hett mi denn vertellt, datt du di bi't Abidrapen in jichtensen ehemoligen Mitschöler verkeken hest. Un datt du di vun Kai trennen wullst. Stimmt dat?«

Dat Gesicht vun Max düker vör mi in de Sünn op – ik plier dat eenfach weg. »Dumm Tüüch. Emmi is'n Sluderwief. Ik heff ehr blots vertellt, datt ik lang mit Max snackt heff. Anners weer dor nix.«

»He is Dreihbookautor, nich?« Ik höör in Brigittes Stimm so wat Komisches. »Dat worr op't Best passen. En Bookhökersch kann doch veel mehr mit so'n Schrieversmann anfangen as mit so'n Vermögensberader. Oder nich?«

»Hool op dormit!« Mi ducht, ik worr root? »Un dormit du dat weetst – ik fang nix mit em an, denn he wahnt in Berlin. Un ik heff em sietdem sowieso nich mehr to Gesicht kregen.«

En beestig Stimm in mi worr luder: ›Aver du hest em SMS schreven un telefoneert hest du ok mit em. Bitdatt Kai dien Handy kontrulleert hett, böös in Raasch kamen is un Max anropen hett üm em to seggen, datt he de Finger vun di laten schall ...‹

Brigitte beluer mi vun de Siet. Ik harr keen Lust, doröver to snacken. Dor geev dat jo ok nix to snacken. Kai un ik, wi weern dor jo graad eerst in uns Huus introcken. Wi harrn unsen Sommerurlaub plaant un wi harrn Kai siene Kollegen ut de Bank un 'n poor Frünn to'n Grillen inlaadt – dat weer een Week na de dore Fier. All'ns weer in de Reeg.

Dat weer nich de richtige Tiet för so'n Flirt mit 'n Keerl ut ole Tieden. Ik wull bi Kai blieven un basta. Dat mit Max, dat weer mi ok gor nich so eernst.

Brigitte keem neger an mi ran. »Aver nu kunnst du em doch mol anropen. Du büst jo wedder op'n Markt.«

Ik kunn düsse Snacks nich utstahn. »Ik will keen annern Mann, Brigitte, begriep dat doch endli. Un nu schnall di mol gau an. Wi sünd nämli dor.«

An' Avend seten wi kommodig in' Strandkorv op uns Terrass. Wi harrn en langen Strandspazeergang achter uns. Brigitte keek sik mit'n Smustern üm un sä: »Kiek mol an, keen beten Waschbeton – dat niege Leven kann losgahn.«

Ik harr eenfach de Ogen dicht maakt un heff

an Kai dacht. Sien Gesicht bi't Opwachen, sien Smustern, wenn he mi ankeek, siene breden Schullern, de in de brune Wildlederjack so wunnerbor utsehn dään. Mien Hart worr mi swoor – ik harr denn jümmers so'n Steken, dat mi de Luft nehmen dä.

»Hier, kiek mol. Is dat nu en Negen? Oder en Dree? Wat glöövst du?« Brigittes jiddelige Stimm leet Kai sien Gesicht op'n Stutz verswinnen. Se fuchel mit de Tietschrift vör mi rüm. »Gregor Bartels hett mi siene Handynummer opschreven, aver ik kann de Schrift nich lesen.«

Gregor Bartels? De Kölner Schauspeler? Wo ik jeden Film vun sehn harr? Den Kai nich utstahn kunn? Ik rappel mi hooch un nehm ehr de Tietschrift ut de Hand. »Wo kümmst du an de Handynummer vun Gregor Bartels?«

Brigitte harr sik ümtrocken. Se harr en swattes, enges Kleed an. Ik müss togeven, se seeg scharp ut in den doren Fummel.

»Wat hest du denn vör? Also, Gregor Bartels, woher hest du …«

»Heff ik di doch vörhin vertellt. In' Kiosk. In Niebüll. Dor stünn he rüm un hett'n Wust eten. Ik heff em seggt, datt he mi man 'n Autogramm för di geven schall. Hett he ok. De Telefonnummer heff ik nu eerst sehn. Un de Tietschrift heff ik blots köfft, wieldat dor dat Sommer-Leevshoroskop binn steiht. Wi mööt doch kieken, woans dat bi di wiedergeiht.«

Ik lees verwunnert den Naam un de Telefonnummer. »Ik glööv, dat is 'n Negen. Gregor Bartels. Un du hest em eenfach so ansnackt?«

Brigitte nehm mi de Tietschrift wedder ut de Hand un bläder dor in rüm. »Nee, he hett toeerst wat to mi seggt. Ik heff letzten Harvst Biller vun em maakt. So, nu will ik doch mol kieken. Wo büst du hier denn? Ach, dor: ›Skorpion. Auf zu neuen Gefilden. Dieser Sommer wird ein Fest der Sinne. Ein Krebs wird Ihnen mit seiner Leidenschaft den Verstand rauben‹ ...‹

Kai is Steenbock, dach ik un sä: »Siet wann hest du Opdräge in Köln? Un woans is Gregor Bartels denn so?«

»Sexy«, grien Brigitte. »He keem in mien Atelier, as se letzt Johr düssen Krimi in Hamborg dreiht hebbt. He wull gau mol twee Portraits vun sik hebben. Leider blots den Kopp, ik harr ok to geern anner Biller vun em maakt. Aver he wull jo partout nich.«

Ik snapp na Luft. »Du hest em doch wull nich etwa fraagt, ob he sik uttrecken deit?«

»Kloor …«, Brigitte bläder wieder in de Tietschrift, »… nu will ik doch mol sehn, wat mit mi … ach, hier: ›Stier: Endlich wieder Herzklopfen. In diesem Sommer trifft sie die Liebe mit voller Wucht.‹ Na bitte, geiht doch. Wüllt wi nu 'n Happen eten gahn?«

»Kannst du em mol anropen? Ik würr Gregor Bartels jo to geern mol kennenlehrn.«

»He is to oolt för di. Un ik heff em toeerst sehn.« Brigitte fohr sik dörch ehr Hoor un smuster achtersinnig. »Ik heff dat Geföhl, du hest slechte Luun?«

»För di is he to jung. De is doch höchstens Midde Veertig.«

»Na un?« Se stünn op un nehm den Zimmerslötel. »Ik hool mi noch 'n Jack un denn köönt wi los.«

Ik keek ehr achterran un mi worr kloor, datt Brigitte ehr Leven veel opregender weer as mien.

Op'n Weg vun't Hotel na't Restaurant vertell Brigitte mi vun ehr Arbeit. Se weer Fotografin mit 'n egen Atelier in Hamborg. Ofschonst wi in de glieke Stadt leven dään, harrn wi uns in de letzten dree Johr – in de Kai-Johrn – meist nich sehn. Brigitte funn, datt mien grote Leev en

Döösbaddel weer un Kai harr ok sien egen Meen över mien jüngste Tante.

»En Fru, de Anfang Föfftig is un jümmers noch so deit, as weer se dörtig. Se kleit mit dat Geld rüm, is jümmers överkandidelt un hett jümmers niege Keerls – wieldatt se sik nich fastleggen will. Se deit wat se will – ahn Rücksicht op annere. So sünd de Fruunsminschen, de alleen leevt un bang för't Öllerwarrn sünd.«

Ik bün blots 'n lütt beten dor gegenan gahn, wieldatt ik keen Striet wull. Aver Brigitte heff ik denn blots noch af un an to'n Eten sehn. Natürli ahn Kai.

»Wat is egentli mit dien niege Wahnung?« As Brigitte so op'n Stutz dat Thema wesseln dä, dor weer ik mit miene Gedanken ok wedder trüch in Wenningstedt.

»Dat geiht so«, vertell ik mit en Süchten, »... woans dat so utsehn deit in en Dreezimmerwahnung in Wandsbek. Langwielig. Uns Huus weer schöner.« Mien Stimm worr al wedder wat röhrseli.

Brigitte bleev kort stahn. »Segg mol, du büst aver ok en Quarrkopp. Wegen düssen Typen. De is doch blots in dien Erinnern goot. Wi hebbt Sommer, ik heff dien Horoskop vörleest, dat Leven is schöön. Nu krieg mol den Mors hooch. Treck woanners hin, wenn du di dor nich wohl föhlen deist.«

»Dat seggst du so eenfach«, mien Stimm höör sik blarrig an – ik kunn dat sülven höören, »du hest doch keene Ahnung, wo swoor dat all'ns is.«

»Katrin, du geihst mi op'e Nerven mit dien Gejammer. Wees so goot un riet di tominnst düt Wekenenn tosamen. Vun Maandag an kannst du di denn vun mi ut wedder as so'n Blarrkopp in dien Bett verkrupen. Denn mutt ik mi dat tominnst nich mit ankieken. Aver hier benimmst du di as'n kralle Fru, de mit ehr leevste Tante twee Daag op Luxusurlaub is. Kriggst' dat hin?«

Ik schaneer mi nu doch 'n beten. Brigitte bleev vör't Restaurant stahn, keek mi kort an un reet denn de Döör op. »Nu wüllt wi de besten Ööstern vun'e Insel eten. Kaam rin.« Ik keem gor nich dorto, noch wat to seggen.

Wi kregen 'n Disch an't Finster, denn de Spieskort un twee Glöös Knallkööm bavento. De harr Brigitte al bi't Hinsetten ordert. Se smuster tofreden. »Herrlich. All'ns goot bi di?«

»Deit mi leed. Du hest jo Recht.«

»Kloor heff ik Recht. Söök di gau wat ut. Ik heff richtig Smacht.«

Ik weer graad mit mien drütte Ööster togang, dor keem en to de Döör rin. De Ööster jump mi vun de Gobel, ik versluuk mi un heff bavento ok noch dat Wienglas ümstött. Brigitte seeg mien Gesicht un dreih sik üm. Mit en Lachen wunk se, keek mi an un fraag: »Schüllt wi em fragen, ob he sik mit an unsen Disch setten will?«
»Ähm ... also«, ik weer jümmers noch dorbi, den Wienplacken wegtorubbeln, »... muttst du, jo ...«
»Brigitte. Dat is jo schöön.« Gregor Bartels seeg in echt noch wat beter ut as in't Fernsehn. »Dörf ik vörstellen. Brigitte Berg, mien Fotografin un gode Fründin ...«
Gode Fründin? Ik höör woll nich recht.
»... dat is Simon Schuster, mien Regisseur. Un wi beide kennt uns ok noch nich?«
He geev mi de Hand un keek Brigitte fraagwies an. Mien Hand weer backsig vun' Wien, ik worr root. Brigitte sä blots: »Mien Nichte, Katrin. Wüllt ji ju daalsetten?«
Gregor Bartels grien un wisch sik unopfälli de Hand in siene Jeans af. »Geern. Simon?«

»Kloor.« He keek mi gor nich lang an, hett sik aver liekers blangen mi hinsett. Gregor keek eerst Brigitte an un denn mi. »Sünd se öfter op Sylt?«

Ik weer Johr un Dag in all de Ferien hier west. Tominnst so lang, as miene Oma noch op de Insel leevt hett. Kai harr mit Sylt nix an' Hoot. »Blots Rieke un Schöne, luder opdunnerte Kinner vun Tähndokters un Afkaten. Ik heff keen Lust op all düsse Angever. Un denn is dat all'ns so verdammt düer. Nee, Söten, laat uns man na Rügen fohrn.«

Dat hebbt wi denn ok doon, tweemol tominnst. De annern Ferien hebbt wi in' Goorn tobröcht oder mit Touren an de Ostsee. Dor keem wat in'e Gang in mi.

»Ik weer as Kind jedeen Sommer hier. In de letzten Johrn wat weniger. Leider.«

Brigitte wunk den Kellner ran un wull vun Gregor weten: »Wann fangt ji mit dat Dreihn an?«

»Morrn Nameddag. Hest du den Roman middewiel leest?«

Ik harr mi man doch wat öfter mit Brigitte drepen schullt. Worüm dat ok jümmers güng, ik wüss vun nix wat af. Vun wat för en Roman weer de Reed? »Heff ik«, nickköpp Brigitte, »ik bün Füer un Flamm. Katrin, du as Bookhökersch muttst em doch ok kennen? ›Mit dir‹ – Dat schöönste Book in düssen Sommer.«

To miene Schann müss ik togeven, datt ik in de letzten dree Maand meist blind dörch'n Bookladen lopen bün. Ik harr keen Lust op't Lesen un wull ok nich mit Kunnen över Romane snacken. Also harr ik mi friewillig in de Bestellafdeelen melld un de letzten Weken blots in't Büro tobröcht. Üm Tietschriften un Schoolböker to ordern. Blots nich ünner de Lüüd. Wo ik doch duernd huuln müss. Överall Erinnern. So harr ik jo Kai kennenlehrt – as Kunnen.

»Katrin...«, Brigittes Stimm reet mi ut miene Gedanken, »... kennst du den Roman nich?«

Ik schüddel den Kopp. Dat Book leeg twaars stapelwies överall in' Laden rüm, aver ik heff eenfach keen Lust hatt, den Roman to lesen. Nich mol den Naam vun' Schrieversmann full mi in. Jichtensen Richard. Oder Robert. Nich mol in mien Job weer ik to bruken.

»... egool, ik kööp di em morrn. Jedenfalls warrt ut düt wunnerbore Book, dat hier op Sylt spelen deit, en Film dreiht un Gregor speelt mit.«

»Aha.« Ik geev mi Möh, jedenfalls plietsch to kieken. Morrn würr ik den Roman lesen, garanteert!

Simon Schuster weer an siene Hoor to tüdeln. He harr wull Langewiel. Ik kann Mannslüüd mit lange Hoor nich utstahn – al gor nich, wenn se över sösstig sünd. Aver he weer wull en Künstler – dor kenn ik wull nix vun.

He smeet mi en Blick to, as wenn he mi nich lieden kunn un sä denn to Brigitte: »Ik dink dor jüst över na, ob ik mi hier op de Insel 'n Huus köpen schall. Ik heff mi al 'n Wahnung in Westerland ankeken. Kennt Se sik hier ut? Schall ik levern 'n annern Ort utsöken?«

»Och ...«, wokeen Brigitte kennen dä, de worr sik foorts en niege Fraag utdinken. Se möök en Gesicht, dor kunnst di verjogen. Simon Schuster sä nix mehr, he kenn ehr wull nich goot noog. Mit'n zuckersööt Gesicht keem se wat dichter ran. »... wenn se keen Ahnung hebbt, worüm wüllt se hier denn wat köpen?«

»Brigitte!« Gregor Bartels un ik, wi weern uns eens. Amüseert keek he eerst mi an, denn Brigitte, denn Simon. »Simon meent, wo en hier noch Hüser köpen kann. Oder, Simon?«

»Natürli.« He nickköpp ieverig. »Gregor

hett mi vertellt, datt se de Insel op't Best kennt. Ik heff mi dacht, ik fraag mol.«

Woher wüss Gregor Bartels, datt miene Tante Sylt kennen deit? Wat vertell se egentli so all'ns, wenn se de Lüüd fotografeern deit?

Brigitte smuster. »Katrin kennt sik hier veel beter ut. Se hett hier na't Abitur 'n halv Johr arbeit. Un se is as Kind jümmers in de Ferien hier west.«

Nu keek mi Simon Schuster wiss an. »Se hebbt hier arbeit? Dat is jo dull. Denn kennt se jo ok de Sylter Szene. Dat is wunnerbor. Sommer op Sylt, grootordig!«

In mien Kopp lepen mien Swester, mien Broder, mien beiden Cousinen un ik in'n Karawan' över de Düün. Luder dicke Göörn, de Köhltaschen, Swimmringe un Baadmantels op de Nack harrn. Unse Öllern keemen mit'n Rest achterran: Windschutz, Baadtaschen, Luftmatratzen, Wulldeken. Wi hebbt unse Daag in so'n' Aart Wüstenteltloger an'n Ellenbogen tobröcht.

De Groten hebbt Krüützwoortradels löst oder Krimis leest, wi buuten Sandburgen, hebbt uns gegensiedig de Schüffeln över'n Kopp haut, hebbt hartkaakte Eier eten un Frikadellen, de al mol in' Sand fullen weern un wi hebbt uns Sünnenmelk in de Hoor smeert.

De Groten drunken in de Hitten Wodka mit Orangensaft, mien Unkel, de keen Orangensaft müch, leep as Opsicht jümmers den Strand op un daal, wenn wi Göörn in't Water weern. He weer de eenzigste, de nich swimmen kunn. Egentli weer dat 'n Wunner, datt keeneen vun uns versopen is. Wat för'n Glück!

Gode Daag weern de mit Westenwind, mit veel Bülgen un ahn Quallen. Slechte Daag weern de mit Ostenwind, 'n Barg Müggen un wenn dat na Algen rüken dä. So richtig slecht weern de aver liekers nich. Avends seten wi in' Goorn un hebbt unse Müggenstiche tellt. De jucken as dull. Dat Leven kunn so eenfach ween. Un dat Wedder weer jümmers fein. Den ganzen Sommer över.

Kai hett nienich vör Klock söven avends Alkohol drunken. Un he kunn Sand in de Schoh nich utstahn.

»Katrin?« Brigitte sä wat to mi un ik föhl, datt Simon Schuster mi scharp ankieken dä.

»Jo kloor...«, sä ik verbiestert, »... dat weer wunnerbor. Wi harrn ganz veel Spaaß in düsse Sommers.« Miteens överkeem mi en groot Lengen. Ik wull op'n Stutz un unbedingt düt Geföhl vun domols trüch hebben. Düt Sommergeföhl. Ik harr vergeten, woans sik dat anföhlen dä. Un wo grootardig dat weer.

De Stimm vun Gregor Bartels hool mi trüch. »Katrin, harrn se wull Lust, uns mol an't Set to besöken? Wi dreiht morrn in Westerland an' Strand.«

Dat weer en Teken. Ik schööt in' Dutt, seeg miteens den Strand wedder vör mi, dat Wedder weer schöön, dat weer Sommer. Ik weer wedder ganz dicht dran.

Simon Schuster nickköpp. »Dat is doch'n feine Idee. Weern se al mol an so'n Filmset?«

›Natürli nich, du Dööskopp‹, dach ik bi mi, sä aver ganz maneerli: »Noch nienich, ik heff mi dat aver jümmers al mol wünscht. Danke för de Inladen.«

Simon Schuster spendeer noch'n Runn un Brigitte grien mi tofreden an.

Ik leeg op'n Buuk, vör mi in' Sand de wull schönste Leevsgeschicht, de ik kennen dä. He, also, de Held, is 'n knallharden Immobilien-Koopmann ut Hamborg. De hett den Opdrag, op Sylt Grundstücke to köpen, üm se denn wedder düer to verschüern. He verleevt sik in en Deern vun'e Insel. De hett den Hoff vun ehrn Vadder arvt un leevt dor mit chr Schaap.

Se wiest em wo schöön de Insel is, vertellt em Geschichten vun de Minschen, un em warrt kloor, datt dat verkehrt is, all'ns op de Insel to verhökern. He hangt sien Job an' Nogel, treckt bi de Deern in, is Füer un Flamm för de Insel un warrt natürli ehrn Leevsten.

Ik klapp dat Book to, dreih mi op'n Rüch un keek in' Heven. Natürli weer dat Kitsch hoch tein, aver liekers to üm to schöön. Suutje heff ik miene Tehn in den warmen Sand inbuddelt, de Heven weer överblau, ik kunn de Bülgen hööm un miene Huut, de rüükte so schöön na Solt. Jüst so as fröher.

»Hest du dat nu dörch?« Brigittes Stimm weer dicht bi mi. »Dat geiht doch to Hart, oder? Hett di al mol en Mann so leevt?« Ik müss an Kai dinken un an de verleden dree Johr. Un ik müss an de Mannslüüd dinken, de ik vör Kai utprobeert harr. Wenn ik ehrli weer …

»Nee.« Ik rull mi op de Siet, stütz mi op un kniepöög ehr an. »Du?«

Se leeg op'n Rüüch, harr de Ogen to un lach

sik een. »Bither noch nich. Aver dat kümmt bestimmt noch.«

Ik reet verbaast de Ogen op. Woans kunn se dor so seker ween?

Se weer schöön, as se dor so in' Sand leeg. De Sünn schien ehr in't Gesicht, Brigitte harr jümmers noch ehr Sünnsprütten, ehr blondet Hoor lüch mit de Sünn üm de Wett.

»Woso weetst du sowat?« Ik heff mi verknepen to seggen, datt se al över fofftig weer. Wenn man ehr so ankieken dä, denn weer dat ok schietegool.

»Dat is so'n Geföhl.« Se harr sik hinsett un de Been antrocken. »Ik glööv, dat liggt an' Sommer un an Sylt. En hett hier doch jümmers dat Geföhl, datt bald wat ganz Dulles passeern deit. Dat hett Gregor Bartels ok seggt. Wat is denn nu mit den Roman?«

»Brigitte. Du kannst doch nu nich so eenfach dat Thema wesseln. Gregor Bartels. De is doch tominnst tein Johr jünger as du.«

»Söven. Ik will em jo gor nich heiraaden. Aver so'n schöne Sommeraffär ... Mol kieken. Meenst' nich ok, datt de Katharina in den Roman jüst so is as du?«

»Man ik heff noch nienich in mien Leven

Schaap hatt. Un ik mag noch nich mol Lamm eten.«

Brigitte nehm sik dat Book, bläder dor in rüm un leeste denn vör: ›Katharina sah mich mit ihren großen blauen Augen an. Ihre dunklen Locken waren kinnlang, sie war groß, fast so groß wie ich und trug am liebsten Jeans mit T-Shirts …‹

»Dat passt doch vör twintig Millionen Fruunslüüd.«

Brigitte bläder wieder un sä: »Jichtenswo weer noch een Steed, dor müss ik an di dinken. Ach jo, hier, wo se den langwieligen Verlövten stahn lett, wieldatt he ehrn Hoff verschüern will. ›Peter sah sie gleichgültig an. In diesem Moment wurde ihr klar, dass sie sich all die Jahre nur etwas vorgemacht hatte …‹ Dat hööort sik na di an.«

»Sowiet bün ik noch nich.« Ik möök mi den Sand vun de Been. »Haut se würkli af?«

»Jo«, meen Brigitte, »un wenn du nu so'n Hannes kennenlehrt harrst, denn weerst du ok al veel fröher afhaut. Wat maakt Kai nu egentli?«

»Düsse Vera treckt düt Wekenenn bi em in.« Ok wenn mi to'n Huulen tomaat weer, de Tranen keemen dütmol nich.

»Fein …«, sä Brigitte un stünn op, »… denn packt de nu bi düsse Hitten Kartons ut un mööt de Schappen afwischen un wi gaht baden un later na't Filmset. Dat is doch gerecht.«

Laat an' Nameddag hebbt wi unse Saken tosamenpackt. Wi weern dreemol baden, ik weer meist dörch mit 'n Roman, harr mi so'n beten in den Helden Hannes verkeken un 'n lichten Sünnenbrand op de Schullern.

»Un Gregor Bartels speelt Hannes?«

Brigitte schüddel den Sand ut de Handdöker un sä: »Nee, he speelt den langwieligen Verlövten. Segg mol, wat höllst du egentli vun Simon Schuster?«

Ik keek verbiestert hooch. »Den wullt du mi doch hoffentli nich as Sommeraffäre op't Oog drücken? Ik finn em gruulig. Un he is so oolt as mien Vadder.«

»Wat du jümmers mit dat Öller hest. Dien dusseligen Kai weer bestimmt twee Johr öller as du, so as sik dat höört, oder?«

»Dree«, geef ik trüch.

»To dull. Un wat hett di dat bröcht?«

›Nix‹, dach ik, ›un Vera is Midde twintig. Ik bün för wat Jüngeres utmustert worrn.‹

»Liekers is Simon Schuster nich mien Fall. Ik heff dat nich so mit düsse Künstlertypen. De ok noch Geld hebbt – oder de tominnst so doot.«

Brigitte smeet sik de Baadtasch över de Schuller. »Na, dat sünd jo allerbeste Utsichten för uns Besöök an't Filmset. Wullt du di liekers noch ümtrecken?«

Ik keek an mi daal: Jeansrock bit an de Kneen, rodes T-Sirt, Flip-Flops. »Ik weet nich. Schall ik?«

Brigitte keek mi vun baven bit ünner an un sineer. Denn sä se: »Nee. Op keen Fall. Hüüt sühst du graad mol nich ut as so'n ooltbacken Huusfru mit tweeundörtig. Un kämm di blots nich de Hoor. Denn man los.«

De Eerste, de mi an't Filmset op'e Westerlänner Promenaad in'e Mööt keem, weer Simon Schuster. He stünn vör'n Kameramann un fuchel wild mit de Hannen rüm. De Tweete weer Kai. He seet op'n Bastdeek op de Düün, blangen em so'n spiddeliges blondet Fruunsminsch, de mit groote Ogen tokieken dä. Kai harr mi op'n Kieker.

Mi weer kodderig.

»Wat will de denn hier?« Brigitte harr nu ok sehn, wat ik sehn heff. »Un wat hett de denn an? Keen Minsch hett mehr geelet Öltüüch an. Is de Deern dor bi em al utwussen?«

Mien erste Gedanke weer: Weglopen. Aver denn keem ik böös in Raasch, datt Kai hier weer un mi ok noch de gode Luun verdarven wull. Noch dorto, wo he düsse verdüvelte Vera mit na Sylt sleept harr. Mit mi wull he nienich hierher. Un denn full mi op, datt he hier gor nich herpassen dä. He harr hier eenfach nix to söken. Miteens reep en Stimm: »Brigitte! Katrin!«

Gregor Bartels leep mit 'n Strohlen in't Gesicht op uns to, geev eerst Brigitte 'n Söten op de Back un denn mi. »Ik heff al op ju töövt. Kaamt man mit, ik will ju all'ns wiesen.«

Ik weer so richtig tofreden, as ik marken dä, datt Kai uns dörch sien Fernglas op'n Kieker harr. De spiddelige Vera harr sik hinstellt, dormit se beter kieken kunn. Wohrschienli weer se ok 'n Fan vun Gregor Bartels. Tja, ik kenn em, se harr blots Kai. In't geele Öltüüch.

Ik lach Gregor an – schier ut de Tüüt. De hett mi al so'n beten wunnerli ankeken. »Wunnerbor. Ik will all'ns nipp un nau weten.«

Brigitte grien sik en un leep achterran. »He

hett uns ganz genau sehn, de Traankopp ...«, swiester se mi to, »... Kinn hooch, holl di as so'n Königin.«

Gregor bleev kort stahn. He wull op uns töven. »Ach Katrin ...«, sä he, »... dat warrt di as Bökerhökersch meist mehr intresseern as Cutter un Lichtwarker – de Schrieversmann vun'n Roman is ok dor: Robert Kruse. Oder kennst du em?«

»Nee ...«, müss ik togeven, »... ik heff dat Book eerst hüüt morrn anfungen to lesen, ik ..., ähm ..., harr in de verleden dree Maand nich so veel Lust op Leevsromane ...«

»Jo, dat heff ik al höört«, meen he un hett mi ganz sachten sien Hand op de Schuller leggt.

Wat wüss de egentli noch all'ns. Brigitte kann mi vertellen, wat se will – düt tofällige Drepen weer nienich Tofall. Ik keek ehr fraagwies an. Se dreih sik üm un wunk af. »Dor is Simon. Hallo, na wo löppt dat so?«

Simon Schuster nickköpp uns to. »Stress, so as jümmers, aver wi sünd in de Tiet. Gregor, wi maakt nu 'n halv Stünn Fofftein. Ik heff Besöök vun mien Banker ut Hamborg. Dat geiht üm't Huus – ji weet jo Bescheed. De sitt dor achter. De Keerl in geel. Datt de hier nu glieks mit siene

Fründin andanzt kümmt, dat wull ik twaars nich – aver nütt jo nix. Also, seegt to.«

He leet uns stahn un güng tatsächli op Kai to.

Gregor un Brigitte harrn kort swiesert. Un wenn ik Gregors Gesicht ankieken dä, denn kunn ik mi dinken, wat se em vertellt hett. »Simon wahnt in Hamborg«, fraag ik, »oder woso is he bi Kai sien Bank?«

»He wahnte in Hamborg…«, sä Gregor fix, »… jüst so as ok uns Starautor. Kaam, ik stell di vör.«

He nehm Brigitte in' Arm. Mi kunn nu gor nix mehr ümhaun. Un denn sä he noch: »Robert Kruse is 'n Künstlernaam, in't echte Leven is he 'n groten Dreihbookschriever. Richtig goot in't Geschäft. Villicht kennst du em jo mit sien richtigen Naam: Max Pietsch.«

Ik müss mi eerst Mol in' Sand daalsetten. Max Pietsch. De Max, de grote Leev ut miene Schooltiet, de jümmers 'n Fründin harr, wenn ik graad Single weer, de mi bi uns letzt Abidrapen so ut de Bohn smeten harr, de Max, de mi in de verleden twee Maand nich mehr ut'n Kopp gahn is. Tweemol de Week heff ik vun em dröömt.

Dat weer toveel. Ik leet mi in' Sand fallen un heff de Ogen tomaakt.

Eerst keem 'n Schadden över mi un denn höör ik 'n Stimm: »Wullt du noch 'n beten länger liggen blieven oder geihst du mit mi en Koffie drinken?«

Ik leet de Ogen noch to. Aver tominnst wull ik höflich ween. »Hallo Max. Ik harr jo keen Ahnung, datt du solke Böker schrieven deist.«

Wi kregen 'n Platz op de Terrass vun't Lokal, dat direktemang an'e Promenaad leeg. Ik keek mol op't Water un mol op Max un ik harr so'n sünnerbor Geföhl in' Buuk. Max hett mi denn vun sien Roman vertellt: »Weetst du, ik harr domols so en verdorrigten Leevskummer un denn keem mi de Idee. As ik trech weer, weer de Leevskummer weg – dorför heff ik fiefhunnert Sieden vun Leevde, Kitsch un Geföhle schreven.

Dorüm heff ik mi lever den Naam vun mien Grootvadder utlehnt. Egentli bün ik jo en knallharden Dreihbookschriever. Un dor geiht dat jümmers üm Mord un Doodslag. Dat wull ik mi nich verdarven.«

»Woso Leevskummer?«

Dat müss ik nu toeerst mol rutkriegen. Na de Dreihböker un sien Schrieverie, dor kunn ik jümmers noch fragen. Dat mit den Leevskummer weer mi wat wichtiger.

»Svenja harr mi verlaten. Mit 'n Kolleeg. Vun hüüt op morrn weer se weg. Ik weer dree Maand as vun Sinnen un denn bün ik för 'n poor Daag na Sylt fohrt. Glieks achterran heff ik anfungen mit dat Schrieven.«

Ik müss deep süchten. Dat weer en Teken. He verstunn graad nix un sä: »Wi harrn uns al lang nix mehr to seggen. Dat güng blots noch üm Geld verdeenen, üm Karriere, de richtigen Frünnen, dat richtige Tüüch, dat richtige Auto. Dat weer keen richtig gode Tiet. Un du. Büst du noch glückli mit dien Kai?«

»He hett mi wegen 'n Kollegin sitten laten. Knall op Fall. Mien dree Maand sünd jüst rüm, ik bün nu op Sylt, aver de Idee mit dat Opschrieven, de is mi noch nich kamen. Ach, un Kai heff ik jüst sehn. De is nämli ok hier. De is jo Banker un schall de Wahnung vun Simon Schuster finanzeern.«

Max hett sien Hand sachten op mien leggt. Dat güng mi dörch un dörch. »Un nu? Wo geiht di dat dorbi? Also, ik meen, em hier to sehn?«

Ik luster in mi rin. Man bit op sien warme Hand kunn ik gor nix föhlen.

»Goot.« Ik keek em an. Max weer för mi jümmers noch de smuckste Mann op de Welt. Un dat al siet de föffte Klass. Dor heff ik em kennenlehrt. »Doch, endli wedder goot. De tweete Dag op Sylt un ik weet al wedder, woans sik dat anföhlt, düt wunnerbore Sommergeföhl.«

»Un? Wo weer dat?«

»Schöön.«

Wi keken uns an. Keenen keek weg. Sien Hand leeg jümmers noch op mien Hand. Sachten hett he mi mit sien Duum strakelt. Ik kreeg Gooshuut un wüss gor nich mehr, wat hier in'e Gang weer.

En luden Toon reet mi rut ut den Töver. So kunn blots Brigitte fleiten. Se stünn op de Promenaad un reep uns wat to. »Dor sünd ji jo. Wi hebbt ju söcht. Gregor hett 'n Disch bestellt. In de ›Osteria‹ an' Campingplatz. In een Stünn, wi seht uns dor, bit denn.« Se wunk kort noch un denn leep se wedder weg.

»Dulle Fru…«, sä Max vull Bewunnern, »… ik mag se to geern. Dat is de Fründin vun Gregor Bartels.«

»Dat is mien Tante.«

Verbaast keek he hooch. »Echt? Ik heff se al mol mit Gregor in Hamborg drapen. Ik harr dat Geföhl, de beiden höört tosamen.«

Tofall, dach ik bi mi, kloor, Brigitte, all'ns Tofall.

In de ›Osteria‹ weer 'n groten Disch för uns reserveert. Dat leet so, as wenn sik dat ganze Team hier drapen wull. Bither weern blots Brigitte un Gregor dor un twee Kameralüüd un de Regieassistentin. Max un ik setten uns an' Disch ran. Dicht bi'nanner. Wi wüssen jo nich, wo veele Lüüd noch kamen worrn.

Na un na setten sik jümmers mehr an' Disch. Ik kunn mi de Naams nich marken. Mit'nmol stünn Simon Schuster vör uns, achter em stünnen Kai un Vera. Kai keek mi verbiestert an – ik kunn Max sien Been föhlen un heff em blots tonickt. »Hallo.«

»Katrin. Ik heff di vörhin al sehn. Wat maakst du denn hier?«

»Urlaub …«, sä Brigitte, »… aver du? Ik dink, du kannst Sylt nich utstahn?«

De Lüüd keken Kai verwunnert an. He leet sik nix anmarken un keek Brigitte scharp an. »Ik bün jo ok vunwegen de Geschäfte hier.«

In mi röög sik nix. Rein gor nix. Ik keek Kai an as 'n Foto. He much keen Hitten, keen Leevsromane, keen Soltwater, keen Sand in'e Schoh. Dree Johr lang harr ik nu al keen Sommergeföhl mehr hatt. Dat weern dree Johr toveel.

Ik kunn dat Raseerwater vun Max rüken, müss an sien Roman dinken un kunn sien Been an mien Been föhlen. Denn heff ik Kai angluupt. Un heff nix föhlt. Denn müss ik an den Sommer dinken, de graad eerst anfungen harr. Mi worr miteens kloor, datt ik an't neegste Wekenenn wedderkamen worr. Ik haal deep Luft un sä: »Denn wünsch ik di noch 'n schönen Avend, Kai.«

He dreih sik na Vera üm, de sik al 'n Platz söcht harr un leep achterran.

Simon Schuster keek de beiden verwunnert na un böögte sik över den Disch röver.

»Kennt se sik?«, wull he vun mi weten. Ik nicköpp. »Vun fröher. Woso?«

De Regisseur tuck mit sien Schullern: »Na ja. Komischen Keerl. Mag keen Inseln, kümmt aver liekers her, üm mi 'n Wahnung antodreihn. He is 'n Spießer – so'n richtig gruuligen noch dorto. Un eerst sien Fründin. De hett doch wohrhafti mit mi olen Sack rümschäkert. Se will ok to'n Film, hett se seggt. So, ik bruuk'n Beer.«

So beschüert weer Simon Schuster gor nich, güng mi dat dörch'n Kopp – egentli sogor ganz nett. Man müss blots genauer hinkieken. Oder hinhöörn. Max rück noch 'n Stück neger an mi ran. Ik nehm mien Wienglas un fraag em: »Wat büst du egentl'i för'n Steernteken?«

»Krebs. Woso?«

Brigitte smuster.

»Hallo, Emmi, du ole Zeeg. Wenn du un Brigitte mi dat nächste Mol vör mien Keerl redden wüllt, denn maakt dat man jüst so as nu ok. Dien Swester

PS. Hest du mitkregen, datt Brigitte siet 'n halvet Johr 'n Romanze mit Gregor Bartels hett? Kööp di sofort den Roman ›Mit dir!‹ vun Robert Kruse. Den Rest vertell ik di 'n anner Mol.«

PPS. Hüüt: 24 Graad, Westenwind, Bülgen, deepblauen Heven un keen eenzige Qualle!«